한국에서 느낀 행복들

국제 문학 에이전트, 대한민국에 빠지다

한국에서
느낀
행복들

바버라 지트워 지음

🐚 문학수첩

※ **역자 주**

외국인이 바라보는 한국의 모습이므로 정확한 우리말 표현이 있는 경우라도 외국인의 시각으로
해석한 표현이 잘 어울린다고 판단되면 원서의 표현을 그대로 살렸습니다(예: '고명' 대신 '토핑').

내가 대리하는 모든 한국 작가들에게 이 책을 바친다.
그들은 내게 자신의 작품을 맡겨주었을 뿐 아니라
자신의 나라에 대해서도 알려주었다.
또한 이들의 놀라운 작품을 우리가 읽을 수 있도록 해준
모든 전문 번역인들에게 이 책을 헌정한다.

목차

CONTENTS

친애하는
한국 독자들에게

지난 시간 내게 보내준 격려와 따뜻함 그리고 행복에 감사드린다. 한국은 내게 의미 있고 긍정적인 영향을 끼쳤고, 그곳에서 배운 가르침과 삶의 방식 덕분에 열정을 가지고 이 책을 마무리할 수 있었다.

나는 운명의 장난으로 한국과 인연을 맺게 되었다.

22년 전 난 뉴욕에 출판 에이전시를 차리고, 사업과 명성을 키워나갔다. 새로운 작가를 발굴하는 나의 능력 덕분이었다. 하지만 12년 후 내 능력은 벽에 부딪히고 말았다. 나를 움직이게 하는 것은 열정과 사랑뿐인데, 내게 열정을 불러일으키는 작가를 더 이상 찾을 수 없었기 때문이다.

그해 봄, 난 동료 에이전트인 조셉 리와 처음으로 만났다. 그는 뉴욕을 방문 중이었고, 우린 함께 저녁을 먹었다. 그는 매력적이고 따뜻한 사람이었고 서양 문학에 대한 이해도 깊었다. 이탈리아 레스토랑에서 파스타와 레드와인을 앞에 두고, 내가 불쑥 그에게 물었다.

"제가 대리할 만한 유망한 젊은 신진 작가 없을까요?"

그는 잠시 당황한 표정을 짓더니 이내 미소를 띠며 대답했다.

"많죠!"

알고 보니, 그에게 이런 질문을 던진 사람은 내가 처음이었다. 그는 늘 전 세계 여러 나라의 책을 한국에 소개하기만 했지, 한국 책을 다른 나라에 팔아본 적은 없었던 것이다.

그는 김영하라는 젊은 작가와 《나는 나를 파괴할 권리가 있다》라는 그의 작품에 대해 이야기했다. 제목을 듣는 순간 난 이미 그의 이야기에 빠져들었다. 조셉은 그 자리에서 작가에게 전화를 걸었고, 몇 분 후 난 그와 직접 통화를 했다. 그의 책은 내가 판매한 첫 번째 한국 작품이 되었고, 그렇게 모든 것이 시작되었다.

2009년, 또 다른 한국 작가 신경숙의 《엄마를 부탁해》 영어 번역본 20페이지가 내 책상 위에 놓였고 난 그 안에서 엄청난 가능성을 발견했다.

홀로 방치된 노모에 대한 이 이야기는 지금껏 읽어본 어떤 소설과도 비교할 수 없을 정도로 획기적이었다. 자식들과 그 배우자들의 목소리로 전해지는 어머니의 이야기는 헤아릴 수 없이 많은 감정을 담고 있으면서도 감상적이지 않았다. 나는 이 새로운 발견에 완전히 마음을 빼앗겼다.

신경숙 작가의 소설은 내게 한국 문학의 세계로 들어가는 토끼 굴 같은 존재였고, 난 기꺼이 그 안으로 뛰어들었다. 나는 특히 여성 작가들의 작품에 매료되었는데, 여성이 겪는 억압과 고립 그리고 소외를 독창적인 방식으로 표현하기 때문이었다. 내가 그토록 다루고 싶었던 작품들을 드디어 만난 것이다. 하지만 처음부터 모든 게 순조롭지는 않았다.

대부분의 사람들이 한국에 대해 전혀 몰랐기 때문이다. 당시는 〈오징어 게임〉과 〈기생충〉, BTS가 세상을 놀라게 하기 전이었다. 한국에 대한 것이라면 무엇이든 열광하는 '한류'가 밀어닥치기 전의 세상 말이다. 나와 만난 전 세계 출판사 관계자들은 내가 대리하는 한국 작가에 대해 들어본 적조차 없었다. 나는 한강, 신경숙, 정유정, 박소영, 안톤 허, 편혜영, 김이환, 김애란, 조경란, 김현, 김덕희, 김언수, 서미애, 임성순, 돌기민, 황선미와 그 외 수많은 작가들을 발굴해 세상에 내보였다. 최초이자 유일한 한국 문학의 대사로서 결코 쉽지 않은 일이었다. 그런데 어느 순간, 수상 소식이 들리기 시작했다. 한국 작가들이 〈부커상〉을 받고 〈뉴욕 타임스〉 베스트셀러 작가가 되고, 〈셜리 잭슨상〉의 주인공이 되더니 또 다른 국제 문학상 수상이 줄줄이 이어졌다. 이들의 작품은 전 세계 문학계의 새로운 흐름이 되었고, 난 이 문학 한류를 이끈 사람으로서 한없이 기쁘고 자랑스럽다.

신경숙 작가의 책은 보란 듯이 우렁찬 신호탄을 터뜨렸다. 《엄마를 부탁해》가 〈뉴욕 타임스〉 베스트셀러에 이름을 올린 것이다. 전 세계 출판사는 마침내 사람들이 한국 작가의 글을 읽을 준비가 되었고 심지어 갈구하고 있다는 사실을 깨달았다(이 책은 35개 국가에 판매되었고 2011년 〈맨 아시아 문학상〉을 수상했다).

난 마치 내 존재 이유를 발견한 사람처럼, 한국 작가들을 전 세계에 소개하고 그들의 작품이 출판되도록 하는 데 전력을 다했다. 그리고 당당히 밝히건대, 결과는 성공이었다.

내 고객 중 한 명인 한강은《채식주의자》로 2014년 〈부커상〉 인터내셔널 부문에서 수상했다.《밤의 여행자들》을 쓴 윤고은 작가는 2020년 영국 추리작가협회가 선정하는 〈대거상〉 번역 추리소설 부문에서 한국인 최초 수상자가 되었고, 편혜영 작가의《홀》은 2017년 〈셜리 잭슨상〉의 주인공이 되었다.

남성 작가들의 작품도 빼놓을 수 없다. 특히 김언수 작가의《설계자들》(2020년 〈더블린 문학상〉 후보작에 오름), 이정명 작가의《별을 스치는 바람》과《부서진 여름》그리고 반디 작가의《고발》은 내게 큰 기쁨을 주었다.

현재 내가 발굴해 판매한 한국 작품들은 40개 이상의 나라에서 출간되었고, 그중에는 할리우드 영화나 TV 드라마로 제작하기 위해 판권을 구입한 경우도 많다.

한국 문학은 문학 에이전트인 내게 새로운 열정을 불어넣었다. 덕분에 나는 영광스럽게도 2016년 대한민국 문화체육관광부 표창을 받았고, 2017년에는 〈런던 도서전〉 국제 문학 에이전트상을 받았다. 하지만 가장 뿌듯한 순간은 역시 다른 언어로 번역된 내 작가의 책이 사무실에 도착할 때다. 난 이 새로운 발견의 순간 가슴에서 솟구치는 흥분감을 사랑한다. 지구 반대편에서 보내온 상자를 뜯고, 내 사무실 한쪽 벽면을 가득 채운 책꽂이에 외국어 번역본 최신판을 올려놓는 순간 말이다. 한국 문학은 더 이상 낯선 미지의 영역이 아니다. 나는 한국 문학이 강렬하고, 다양하고, 심오한 자신의 매력을 전 세계에 알리는 데 일조했고, 머지않아 한국 작가 중 노벨 문학상 수상자가 나올 것이라고 확신한다.

한국 작품을 판매한 지 1년쯤 되었을 때, 한국이라는 나라가 내게 손짓을 했다. 난 인디아나 존스라도 된 듯 부름을 향해 걸음을 옮겼고, 그곳에서 성궤를 발견했다! 한국 여행을 통해 난 상상도 못 할 정도로 매력적이고 아름답고 가슴 설레는 경치와 사람들을 만났고, 내 눈과 마음과 정신은 이 새로운 세상을 향해 활짝 열렸다. 심지어 그곳에는 미국인도, 영국인도, 유럽 사람도 없었다. 관광객도 보이지 않았다. 난 검은 머리의 한국인들 사이에 홀로 선 금발의 외국인이었다. 하지만 난 고향에 온 듯 편안함을 느꼈다.

생전 처음 절에서 수행한 경험은 평생 잊지 못할 것이다. 인천 근처 산속에 자리한 절이었는데, 내가 한국과 사랑에 빠진 모든 이유가 그 경험 안에 고스란히 담겨있다. 당시 난 남편의 건강 문제로 걱정이 많았다. 그가 살기 위해서는 반드시 장기 이식이 필요한 상황이었다. 그래서인지 스님과 차를 마시던 중 나도 모르게 눈물이 차올랐다. 스님은 나를 똑바로 바라보며 이렇게 말씀하셨다.

"우리는 지금 행복합니다."

그 말투가 어찌나 단호하던지, 순식간에 눈물이 사라지고 웃음이 터져 나왔다. 이 말은 지난 수년간 내 마음과 정신의 변화를 이끄는 원동력이 되었다. 난 자연과 소박함에 감사하는 법을 배웠고, 조건 없이 친구가 되어주는 법도 알게 되었다. 영원히 사라지지 않는 깊은 고통도 삶의 일부임은 틀림없지만, 그것을 다스려 삶의 동력이 되게 하고 만족감을 찾는 법도 터득했다. 더 중요한 것은 행복과 활기라는 단어가 내게 완전히 새로운 의미를 가지게 되었다는 점이다.

행복이란 외부의 상황과는 상관없이 내 의지로 선택할 수 있는 마음의 상태다. "우리는 지금 행복합니다"라는 스님의 말씀은 나의 개인적인 기도문이 되었다.

한국은 그 후에도 여러 번 나를 불러주었고, 난 매번 미지의 세계를 탐험하며 놀라운 경험을 하고 새 친구도 사귀었다. 그러는 사이 나와 한국의 관계는 더욱 깊어졌고 나는 스스로에 대해 더 많은 것을 알게 되었다. 나는 신경숙 작가를 친구로 둔 덕분에 엄청난 행운을 누릴 수 있었다. 그녀는 관광객들이 쉽게 가지 못하는 장소에 나를 데려가 주었다. 그녀와 함께했던 그 경험들을 나는 이제 이 책에 풀어놓으려 한다. 한국에서 여행을 하고 사람을 만날 때마다 내 삶은 긍정적으로 변화했다. 이 글이 당신에게도 그런 놀라운 영향력을 선사하기를 기대해 본다.

이 책을 통해 투지와 즐거움 그리고 강한 공동체 의식이 빚어낸 장엄하고 아름다운 당신의 나라를 나와 함께 여행해 보자. 내 한국인 친구들은 이 책에 소개된 장소 중 꽤 많은 곳에 가보지 못했다고 말했다. 당신도 이번 기회에 아름다운 한국을 재발견할 수 있기를 바란다.

우리는 활기 넘치는 수도 서울부터 비구니 스님이 거처하는 산속 절까지 이 나라의 곳곳을 여행할 것이고, 비무장 지대 내 땅굴을 탐험하고 열대섬 제주로 가서 '해녀'라고 불리는 80대 여성 잠수부들의 감동적인 삶을 엿볼 것이다. 연꽃밭 한가운데 자리 잡은 한 식당에서 짚을 엮어 만든 거적을 깔고 앉아 맛있는 삼계탕을 먹는 것도 기대해 보시라.

새로운 여행지에 갈 때마다 당신은 삶을 더 행복하고 충만하게 만들어 줄 가르침을 얻을 것이다. 나 역시 그러했다. 각 장의 끝부분에는 고마운 한국 친구들이 제공해 준 한국 전통음식 조리법을 덧붙였다. 군침이 도는 맛있는 요리들이니 직접 해보고 맛있게 드시기를 바란다.

어쩌면 이미 알고 있는 것들일 수도 있지만 새로운 것도 있을 것이다. 한국 음식을 먹는 것은 인생의 가장 큰 즐거운 중 하나이니, 행복한 시간이 되기를 빈다!

이 책을 읽는 모든 이들이 내가 한국에서 발견한 아름다움에 매혹되기를, 그리하여 그 아름다움을 마음속에 간직하기를 바란다.

The Korean
Book of Happiness

01
인사말 그리고 소통
Insamal geurigo sotong

서울

아시아에서 가장 '핫'한 도시. 서울에 오신 것을 환영합니다

서울은 뉴욕, 홍콩, 파리, 런던, 상하이, 도쿄를 뒤섞어 놓은 듯한 곳이다.
역설의 도시라 할 수 있다. 전 세계에서 가장 북적이는 현대적 도시인 동
시에 고요한 녹지 공간으로 가득 찬 예스러운 곳이기도 하기 때문이다.
오래된 절 바로 옆에 초현대적 고층빌딩이 우뚝 솟아있고, 산과 들 사이
에 네온사인과 고속도로, 지하도와 고가도로가 펼쳐져 있다. 천만이 넘
는 거주인구 덕에 도로는 쉴 틈이 없고 도시의 에너지는 잠시도 사그라
지지 않는다. 서울은 대한민국의 심장이며 모든 중요한 일이 벌어지는
수도다.

이곳에서는 세계 제일의 만두를 맛볼 수 있고, 이전과는 전혀 다른 방

식으로 쇼핑을 즐길 수 있으며, 한국식 마사지와 달팽이 얼굴 마사지로 인생 자체가 달라지는 경험도 할 수 있다. 자연의 가장 아름다운 순간을 음미할 때조차도 우리는 도시를 벗어날 필요가 없다. 한강을 따라 걸으며 만개한 벚꽃을 감상할 수 있으니 말이다.

서울에 처음 방문했을 때 책 외에는 한국에 대해 아는 것이 거의 없었던 나는 웨스틴 조선 호텔을 내 작전 기지로 삼기로 했다. 각국 대사관과 고궁, 절과 웅장한 산에 둘러싸인 조선 호텔은 대한민국에서 가장 역사적일 뿐 아니라 가장 상징적인 호텔이다. 이곳은 1914년, 로열 스위트룸과 티파니 크리스털 샹들리에, 아일랜드 리넨 침대 시트까지 갖춘 유럽식 호화 호텔로 문을 열었다. 대통령을 비롯한 정부 고위직들이 이 호텔에 묵었고, 매릴린 먼로도 이곳을 방문했다. 조선 호텔은 당시 가장 세련되고 아름다우며 고요한 호텔이었다. 지금도 그 명성에는 변함이 없지만 외관은 분명한 변화를 거쳤다. 최초의 4층짜리 건물 대부분이 1960년대 후반 철거되었기 때문이다. 화려한 유럽식 고건물은 현대적이고 품격 있는 5성 호텔로 다시 태어났다. 바닥에 대리석이 깔린 로비에는 잘 정돈된 꽃이 즐비하고, 객실 안 통유리 전망창을 통해서는 평온한 정원과 불당을 내려다볼 수 있다. 하지만 내가 가장 좋아하는 것은 내게 잠시나마 천국의 느낌을 선사해 준 멋진 스파 시설이다.

조선 호텔에 들어서는 순간, 난 맥박이 느려지고 긴장이 풀리는 것을 느꼈다. 서울같이 복잡한 도시 속에서도 이 호텔은 전통적 한국의 매력과 현대적 편리함이 결합한 휴식 속으로 순식간에 고객을 맞아들였다.

한국에 머무는 동안 내가 해야 할 일은 언론과 내 고객인 작가들을 만족시키는 것이었는데, 조선 호텔은 이 일을 위한 완벽한 장소였다. 영리하고 협조적인 직원들은 함께 계획을 세우고 필요한 일들을 처리해 주었다. 덕분에 작가들과의 술자리부터 한국에서 가장 오래된 절에서의 하룻밤 템플스테이와 비무장 지대로의 여행 등 모든 일이 가능해졌다. 호텔은 단숨에 내 개인 비서가 되었고, 조금 더 시간이 흐르자⋯ 한국으로 들어가는 나만의 문이 되었다.

호텔에서 걸어갈 수 있는 거리에 덕수궁이라는 곳이 있다. 1392년부터 1910년까지 이 땅을 지배했던 조선 왕조의 왕들이 지은 5대 궁전 중 하나다. 덕수궁 안으로 들어가면 여러 건물 사이를 거닐 수 있다. 연회장과 왕의 즉위식이 열리던 즉조당(화재 후 재건)을 지나면 그 유명한 금천교를 건너게 된다. 1411년에 지어진 이 궁전은 서울에서 가장 나이가 많다. 정문인 대한문 앞에서는 하루 세 번 왕궁 수문장 교대식이 거행되는데, 이것은 조선시대 초기에 시행되었던 의식을 재현한 것으로(버킹엄 궁전 근위병 교대식과 자주 비교된다), 서울에 온 이상 반드시 보아야 한다. 선명한 파랑, 빨강, 노랑의 전통 군복을 입고 깃발을 든 경비대가 힘찬 나팔 소리와 북소리에 맞춰 행진한다. 행진을 마친 두 조의 군인들은 확인을 위해 암호를 교환한 뒤, 긴장감을 고조시키는 북소리를 배경으로 우렁찬 명령에 따라 자리를 교환한다. 역사 속 한 장면을 직접 경험하고 싶다면 이 기회를 놓치지 않기를 바란다.

하지만 궁은 관광객만을 위한 장소는 아니다. 이곳은 한국 여성들이

'한복'이라고 불리는 전통 의상을 입고 이 땅의 유산을 직접 느끼기 위해 즐겨 찾는 곳이기도 하다. 한복은 리본 매듭으로 여미는 짧은 상의와 다섯 겹 내지는 일곱 겹의 속옷 위로 풍성하게 부풀려 입는 화려한 색상의 긴 스커트로 이루어진다. 전통 의상을 통해 과거와 접촉하는 이들의 방식은 '흥'(기쁨)과 '정'(공동체 의식)의 전형적인 예가 아닐까 생각한다(9장에서는 한복이 어떻게 현대 패션 트렌드에 스며들고 있는지 설명할 것이다).

덕수궁에서 조금만 벗어나면 이와 정반대되는 건물이 있다. 런던 해러즈 백화점의 천 배는 될 것 같은 롯데 백화점 본점이다! 대한민국 경제 성공의 집약체와도 같은 이곳에서 난 한국의 명품 쇼핑과 화려한 생활 방식을 알게 되었다.

서울 첫 방문 당시, 난 늘 새로운 느낌의 회오리에 휩싸여 있었다. 매일이 그러했다. 부엌에서 흘러나오는 냄새, 이국적인 차가 풍기는 향, 웅성거리는 사람 소리와 자동차 소리 사이로 울려 퍼지는 불교 명상 종소리 등 도시의 모든 것이 내 감각을 자극했다. 내가 모험 정신을 발휘해 이 도시를 탐험할 수 있었던 것은 매일 밤 나를 맞아주는 아름답고 평화로운 집이 내게 용기와 힘을 준 덕분이었다.

웨스틴 조선 호텔
주소: 서울 중구 소공로 106
홈페이지: www.echosunhotel.com

덕수궁
주소: 서울 중구 세종대로 99
홈페이지: deoksugung.gi.kr

삼각관계

나처럼 한국말을 못하는 사람이 한국에 가면, 언어로 인한 삼각관계를 경험하게 된다. 한국인은 대부분 영어나 다른 외국어를 못하기 때문이다. 그런 면에서 한국인들은 좀 특이하다. 가장 유명한 작가들과 출판업계 사람도 대부분 영어를 못한다.

경숙은 나와 함께 여행할 때면 늘 통역할 친구를 대동했다. 다른 작가를 만날 때도 비슷한 일이 벌어졌다. 통역사가 중간에 끼면 대화는 매끄럽고 오해의 소지도 없어진다. 게다가 사람이 셋이 모이니 더 즐겁기도 하다!

내가 쓴 소설 《J. M. 배리 여성수영클럽》이 한국에서 출간되었을 때 난 한국의 군포라는 도시에서 열리는 행사에 강연자로 초청되었다. 독서 문화를 장려하는 도시라고 했다. 안톤 허라는 젊은 통역사가 나와 함께 갔는데, 난 그의 통역 실력에 깜짝 놀랐다. 난 뼛속까지 뉴욕 사람이라 말이 엄청 빠르기 때문이다!

서울로 돌아가는 길에 난 안톤이 출판 번역 일도 하고 있다는 사실을 알게 되었다. 내가 그에게 신경숙 작가의 《리진》을 번역해 볼 생각이 있는지 묻자, 그는 신 작가는 자신의 우상이라며 펄쩍 뛸 듯 기뻐했다. 그렇게 또 하나의 아름다운 관계가 시작되었고, 그날 이후 그는 신경숙 작가의 모든 책을 영어로 번역하게 되었다. 안톤은 현재 가장 유명한 한국 문학 번역가로 〈부커상〉 인터내셔널 부문 최종후보자 명단에 오르기도 했으며, 소설가로서도 당당히 이름을 알리고 있다.

한국에 간다면 통역사를 동반하는 것이 좋다. 하지만 요즘은 구글 번역기 덕분에 의사소통이 훨씬 편해졌다. 가게에 들어가면 종종 주인이 핸드폰을 꺼내 내 입 앞에 가져다 댄다. 내가 영어로 말을 하면 바로 몇 초 후 한국어로 통역된 문장이 핸드폰 화면에 나타나는 것을 볼 수 있다.

구글 번역기는 한국 혹은 다른 나라를 여행할 때 정말 편하게 쓸 수 있는 도구다. 하지만 난 여전히 인간 통역사가 더 좋다!

예절교육

서울과 한국을 제대로 경험하기에 앞서 반드시 해야 할 일이 있다. 그곳의 풍습과 예절을 이해하는 것이다. 그중에는 연장자에 대한 존중과 공동체 조화를 중시하는 유교적 원칙에 뿌리를 두고 5,000년을 이어온 것들도 있다. 한국인들은 손님이 저지르는 문화적 실수를 대체로 너그럽게 용서하는 편이지만, 조금만 미리 준비하면 상대에게 더욱 좋은 인상을 줄 수 있다. 정말이다! 난 그러지 못했기에 하는 말이다.

한국 출판사와 이른 아침 줌 회의를 잡은 적이 있다. 난 뉴욕에 있었기에 새벽 5시에 일어났다. 커피를 벌컥벌컥 마시고 정장을 차려입고 화장까지 마친 뒤, 난 자리에 앉았다. 통역은 한국인 동료 수가 맡아주었다. 화상 회의는 한 시간 가까이 진행되었다. 분위기가 꽤 좋았다. 난 미래의 비즈니스 파트너와 첫 단추를 잘 끼웠다고 자평했다. 하지만 곧 끔찍한 일이 벌어졌다. 수가 한국 출판사에서 편지를 받았는데, 회의하는 내내 내 태도가 무례했고 나와는 절대 거래할 생각이 없다는 내용이 담겨있었다. 난 어이가 없었다. 내가 보기엔 분명 성공적인 회의였는데!

다행히 수는 당시 상황을 이해하고 있었다. 그녀의 설명에 따르면, 내가 대화를 할 때 흥분한 상태로 손동작을 많이 했는데(난 이탈리아 사람은 아니지만, 수의 판단이 맞을 것이다), 한국 문화에서는 말하면서 손을 흔드는 것이 무례한 행동이라는 것이다. 결국 난 나도 모르는 사이 상대를 모욕하고 있었다. 난 곧장 사과의 뜻을 전했고 모든 것이 매끄럽게 처리되었지만, 절대 잊지 못할 가르침 하나를 얻었다.

한국에서는 작은 실수가 어마어마한 결과를 불러오기도 한다. 몇 년 전, 난 참혹하면서도 시적인 《고발》이라는 책을 대리하기로 했다. 《고발》은 필명이 반디인 북한 작가의 작품으로, 독재자 통치하에서 살아가는 평범한 북한 주민들의 삶을 다룬 단편 소설 모음집이다. 1989년에서 1995년 사이 비밀리에 쓰인 이 책은 2013년 국외로 밀반출되었는데, 이 일을 가능하게 한 사람들은 신변 보호를 위해 비밀에 부쳐졌다. 하지만 난 영광스럽게도 이들 중 한 명을 만날 수 있었다. 탈북에 성공해 남한에 살고 있는 이 여성은 북한 말로 되어있는 이 책의 번역을 맡아 작업

중이었다(그녀는 전쟁 이후 크게 달라지지 않은 북한의 문화에 대해서 설명해주었다).

한국 출판사 사람들과 에이전트 그리고 우리 두 사람은 즐거운 분위기에서 식사를 마치고, 내 제안으로 단체 사진도 찍었다. 방에 돌아온 후에도 흥분이 가라앉지 않았던 나는 잠자리에 들기 전 그날 찍은 사진을 남편과 여동생에게 전송했다. 다음 날 아침, 뉴욕에 있는 남편에게서 전화가 왔다. 내 여동생이 잔뜩 겁에 질린 채 한밤중에 전화를 해서는, 내가 SNS에 사진을 올렸을까 봐 걱정을 했다는 것이다(난 사진을 올리지 않았다).

"그러다 언니 죽을지도 몰라요! 북한 사람들이 찾아낼 거라고요. 페이스북이든 어디든 사진 절대 올리지 말라고 꼭 말해주세요."

난 전형적인 과잉 반응이라며 웃어넘겼다. 그리고 그 어느 곳에도 사진을 올리지 않았다고 말해주었다. 동생은 내가 이 책을 담당한다는 사실만으로도 내 목숨이 위험할까 노심초사하며 불안해하고 있었기 때문이다.

그 후 한국 에이전트를 다시 만났을 때 난 이 일화를 들려주었다. 그런데 그는 온라인에 사진을 공개하는 것이 위험한 행동이라는 동생 생각에 동의했다. 북한에 남아있는 번역자의 가족이 처벌받을 수도 있기 때문이다. SNS에 올린 사진 한 장으로 누군가의 목숨이 위태로워질 수도 있다는 뜻이다. 모두가 온라인에서도 삶을 꾸려나가는 요즘 같은 때에 사진을 올리고 그 순간을 남들과 공유하는 것은 너무나 자연스러운 일이다. 하지만 반드시 사전에 확인을 해야 한다.

한국인은 자기 나라 말을 못하는 사람 앞에서도 큰 인내심과 너그러움을 발휘하는 사람들이다. 친구 가브리엘라와 내가 서울 국제도서전 참석 차 서울에 왔을 때 일이다. 우리는 이 도시에서 한 번도 가본 적 없는 곳을 탐험해 보기로 했다. 우리가 처음 선택한 곳은 3대에 걸친 한국인 여성들이 운영하는 작고 수수한 식당이었다. 점심을 먹기 위해 가게 안에 들어서자, 커다란 솥 옆에 서서 무엇인가를 젓고 있는 할머니 모습이 보였다. 제대로 된 집임을 직감할 수 있었다. 하지만 문제가 있었다. 우리는 한국말을 못하는데, 그곳에는 영어 메뉴가 없었다. 구글 번역도 지금처럼 제대로 돌아가지 않을 때였다. 한국어로 된 메뉴를 건네받은 순간, 가브리엘라는 자신이 생선에 알레르기가 있다는 사실을 내게 상기시켜 주었다. 한국 음식 중에는 생선으로 만든 소스가 들어간 것이 많다 보니, 심각한 문제가 아닐 수 없었다. 이 상황을 가게 주인에게 어떻게 설명하면 좋을까? 평생 쌓은 의사소통 기술을 총동원해야 할 때였다.

내가 생각해 낸 방법은 이랬다. 두 팔을 헤엄치듯 펼치고 두 눈을 동그랗게 뜨고 입을 크게 벌려 물고기 흉내를 낸다. 그런 다음 손으로 목을 자르듯 선을 긋고, 과장된 몸짓으로 바닥에 픽 쓰러진다.

"노 피쉬No fish. 피쉬 킬즈Fish kills."

가브리엘라는 온몸을 흔들며 웃어댔고, 종업원 역시 웃음을 참지 못했다. 솥을 지키고 있던 할머니도 다가와 구경에 동참했다.

아카데미상을 받을 정도의 연기는 아니었지만, 웃음소리가 잦아든 뒤주인 여자들은 고개를 끄덕였다. 내가 전하려고 한 바를 완벽히 이해한 것이다. 그들은 내 노력에 감사를 표했고, 내가 한국말을 못한다는 사실에 불쾌해하지도 않았다. 잠시 후, 그들은 녹색 채소가 가득 담긴 맛있는 국수 요리를 내왔다. 그날 우린 그곳에서 멋진 새 친구를 사귀었을 뿐 아니라, 가브리엘라가 병원에 실려 가는 일 없이 맛있는 음식을 즐길 수 있었다.

소통하는 법(혹은 임기응변하는 법)을 익히는 것은 어느 나라를 방문하든 여권만큼이나 중요하다. 하지만 한국에서는 특히 더 그러하다. 그곳의 일상에 녹아있는 관습과 예절은 우리가 익힌 것들보다 더 정교하기 때문이다.

그러니 여행이든 출장이든 한국을 갈 때 그들의 관습을 익히는 것은 단순한 존중의 표현이 아니라, 그 나라에 다가서기 위한 첫 번째 열쇠다.

그리고 그 시작은 바로 인사다.

한국식 인사법

내가 한국식 인사를 배운 것은 머리를 세게 부딪쳐 뇌진탕에 걸릴 뻔한 경험 덕분이었다.

조선 호텔 부지 안에 있는 돌문 너머에는 아름다운 정원이 있고, 그 가운데에는 사적으로 지정된 팔각 제단인 환구단이 자리 잡고 있다. 화강암 기단 위에 올려진 3층짜리 제단은 불을 먹는다는 상상의 동물 '해태' 석상 십여 개에 둘러싸여 있다. 나라 이름을 대한제국으로 바꾸고 스스로 황제의 자리에 올랐던 고종은 1897년 하늘에 풍년을 비는 제사를 지내기 위해 환구단을 지었다. 제단 옆에는 복잡한 용의 모습이 새겨진 거대한 돌북 세 개가 있다(제례 시 사용하는 북을 본뜬 것이다).

나는 정원을 향해 걷기 시작했다. 그런데 시차로 인한 피로 때문이었는지, 환구단으로 들어가는 아치형 돌문에 머리를 찧고 말았다. 나는 숨을 고르느라 그 자리에 가만히 서있었다. 마침 문 맞은편에는 정원에서 나가려는 노신사 한 분이 서 계셨는데, 그는 내가 정신을 차릴 때까지 조용히 기다리다가 내게 인사를 건네고, 신성한 장소인 제단에 들어오는 올바른 방법을 보여줘도 되겠느냐고 물었다.

그의 설명에 따르면, 이곳에 들어갈 때는 존경을 표하기 위해 고개를 숙여야 한다. 그는 직접 시범을 보여주었다. 두 팔을 몸에 가지런히 붙이고 상체가 지면과 평행이 되도록 허리를 구부리는 것이다.

"머리가 하늘보다 높으면 안 되니까요."

그가 마지막으로 덧붙였다. 한국의 관습과 예절에 대한 공부는 이렇게 시작되었다. 전통적인 인사법인 '절'은 수백 년의 전통을 가지고 있으며 매우 중요하다. 존경의 표현이자 안부를 묻는 인사로 삶의 모든 부분에 녹아있다. 방에 들어갈 때, 누군가 인사를 건넬 때, 헤어지며 다시 보자고 말할 때, 상대가 내게 고개를 숙일 때 나 역시 고개를 숙여 이에 답해야 한다.

절의 여러 단계

친구를 만난다면, 고개를 살짝 숙이는 것으로 충분하다. 직장 동료나 상사에게는 허리를 깊이 숙여 존경을 표현한다. '큰절'은 가장 정중하고 몸을 깊이 숙이는 방식으로, 예식이나 명절날 나이가 많은 가족이나 친척에게 올리는 것이 일반적이다. 스님 같은 종교인을 만날 때에는 기도하듯 두 손을 모으고 고개를 숙인다.

절을 했으면, 인사를 나눠보자.

인사하기

한국 사회에서 예절을 지키기 위해서는 대부분의 서양 국가에서보다 격식을 차릴 필요가 있다. 사람을 부를 때에는 상대가 이름을 부르자고 청하지 않는 한 직함을 이용해야 한다(한국은 이름의 순서가 서양과 반대라서 성이 앞에 온다).

몸동작을 이용한 인사를 나눌 때는 조심해야 한다. 친구나 동료의 뺨에 한 번 혹은 두 번 키스하는 인사 방식은 존재하지 않는다. 가볍게 포옹하거나 상대의 등을 툭툭 두드리는 것도 마찬가지다. 한국에서는 악수를 한다. 하지만 상대의 나이나 지위에 따라 그 방법이 달라진다(여자들의 경우 악수 대신 가볍게 고개를 끄덕인다는 점에 유의하라). 자기보다 지위가 낮은 사람을 만나면 한 손으로 악수를 한다. 반대로 자기보다 높은 사람을 만나 정중함을 표현해야 할 때에는 왼손으로 오른쪽 팔을 살짝 받치고 악수를 한다. 처음 만난 사람과는 양손을 감싸 잡고 악수하는 것도 좋은 방법이다.

일 때문에 한국인을 만나는 경우, 서로 고개를 숙이고 인사를 나눈 후 명함을 주고받는다. 이것은 새로운 사람과 관계를 맺을 때 매우 중요한 과정이다. 명함을 통해 상대의 직함과 회사 내 지위 등 필요한 정보를 얻을 수 있기 때문이다. 명함은 반드시 두 손으로 받고, 잠시 내용을 읽은 후 자기 앞에 내려놓는다(넣어버리지 마라!).

나이가 어떻게 되세요?

한국에 오면 곧 듣게 되는 질문이 있다. 당황스럽고 답하고 싶지 않지만, 누구도 피할 수 없는 질문이다. 처음 한국에 왔을 때 난 뉴욕에서 서울까지 14시간 30분을 비행했다. 보안 검색대를 통과하고 세관 신고를 하고 짐까지 찾아 마침내 호텔에 도착했을 때, 난 3일은 잠을 못 잔 것 같은 기분이었다. 택시에서 내려 호텔 로비까지 걸어 들어간 게 용할 정도였다.

로비에는 꽃다발을 들고 나를 기다리는 사람들이 있었다. 내가 서울에 온 것을 직접 환영하기 위해, 한 문학 단체에서 두 명의 젊은 직원이 나와있었다. 고마운 일이 아닐 수 없었다. 하지만 난 당시 대리석 바닥에 누워 그대로 자버리고 싶은 마음뿐이었고, 말도 제대로 나오지 않았다.

난 꽃다발을 받고, 그들에게 잘 가라고 인사했다. 하지만 두 사람은 굳이 방까지 가방을 들어주겠다며 나를 따라나섰다. 핸드백까지 들어주겠다는데, 거절할 도리가 없었다. 방으로 가는 길에 드디어 그 질문이 날아들었다.

"나이가 어떻게 되세요?"

"뭐라고요?"

내가 대답했다.

"제가 잘못 들은 건가요? 설마 내 나이를 물었어요?"

온몸에 아드레날린이 퍼지는 것이 느껴졌다. 이게 무슨 짓궂은 장난이란 말인가? 몽롱했던 정신이 또렷해지고, 목소리는 한 옥타브 이상 높아졌다.

"두 분 제정신이에요? 여자한테 절대 물어선 안 될 것이 두 가지 있어요. 바로 나이와 몸무게예요!"

나를 바라보는 두 사람의 눈에는 공포가 가득했다. 울음이라도 터뜨릴 것 같은 표정이었다. 순간, 난 내 뉴욕식 반응이 그들에겐 너무 버거울 수 있겠다는 생각이 들었다.

"소리 질러서 미안해요. 너무 피곤해서 그만…"

내가 먼저 사과를 건넸다. 두 사람은 진지한 목소리로 한국의 문화에 대해 설명했다. 한국의 예절 문화에서는 자신보다 나이 많은 사람과 나이 어린 사람을 대할 때 각각 다른 규칙을 따라야 하기 때문에 처음 만난 경우 나이를 물어봐야 호칭을 무엇으로 하고 어떻게 대할지 정할 수 있다는 내용이었다. 난 정중한 태도로 설명을 들었지만, 끝내 웃음을 터뜨리고 말았다.

"그런 거 다 잊자고요. 그냥 바버라라고 불러요!"

그들은 내 화가 풀려 다행이라는 표정을 지었지만, 내 이름을 부르는 것은 불편하게 느끼는 것 같았다. 내가 두 사람보다 훨씬 나이가 많았기 때문이다. 하지만 난 그날 이후 만나는 모든 사람에게 내 이름을 부르라고 강력하게 요청했다. 협상의 여지는 없었다.

난 늘 한국의 전통을 존중하지만, 캐주얼한 뉴욕 스타일을 한국 친구들에게 전파했고 그들은 내 방식을 받아들여 주었다. 한번 맛을 들이면 이것도 꽤 괜찮은 방식이다.

"어려운데요. 어려워요."

한국 사람들은 안 된다는 말을 잘 하지 않는다. 무례한 행동이라 여기기 때문이다. 그들은 상대를 실망시키는 일은 하지 않으려 한다. 한국인들은 또한 대답을 잘못했다가 체면 구기는 상황을 피하기 위해서 꽤나 애를 쓴다. 당시 내 고객이었던 한강 작가가 새 소설 《흰》 출간을 기념해 특별한 미술 전시회에 나를 초대해 주었는데, 그때의 경험으로 알게 된 사실이다.

전시회는 서울 구도심의 벽돌담 골목 안에 위치한 작은 갤러리에서 진행되었다. 골목은 두 사람이 나란히 걸을 수 없을 정도로 좁았고, 글래머러스한 뉴욕 여자인 나는 벽 사이에 끼이지는 않을까 걱정하며 걸음을 옮겼다. 건물 입구는 조각이 새겨진 나무 문 뒤에 숨겨져 있었다. 마치 비밀 은신처에 들어가는 것 같은 기분이었다. 전시회는 삶과 죽음, 전쟁과 상실을 다루어 여러 감정을 불러일으켰다. 마침 한강 작가 책을 출간한 유럽 출판사 사람들 중 몇몇이 서울에 머물고 있어서, 난 그들에게도 전시회에 가볼 것을 권했다. 나는 한국 에이전트에게 그곳 주소를 물었고, 그는 알아봐 주겠다고 약속했다. 하지만 그에게서는 아무 답이 없었고, 결국 내가 그에게 전화를 걸었다.

"그 유럽 사람들 내일 떠나야 해서 오늘 전시회에 갔으면 하거든요."

내가 상황을 설명하자, 그가 뭐라고 했을 것 같은가?

"어려운데요. 어려워요."

"이해할 수가 없네요. 무슨 뜻이죠?"

내가 물었다.

"좀 어렵습니다. 어려운 문제예요."

같은 대답이 돌아왔다. 난 이해할 수 없었다. 갤러리 주소를 알아보는 것이 그렇게 힘든 일인가? 그는 한강 작가에게 연락해 알아보겠다고 약속했다.

그날 저녁 늦게 그에게서 전화가 왔다. 한강 역시 "어렵다"고 대답했다는 것이다. 너무나 이상한 일이었다. 대체 무엇이 그렇게 어렵다는 것일까? 내가 일어나지도 않은 일을 혼자 상상했나? 있지도 않은 갤러리의 주소를 알려달라고 한 것인가?

"대체 뭐가 문제예요? 그 갤러리가 〈해리 포터〉 영화 속 마법의 장소

같은 곳인가요?”

내 농담에 그가 무엇이라고 답했는지 맞춰보라!

“어렵습니다. 어려워요.”

사실 서울 어느 곳에 가든 이런 이해하기 힘든 주소 문제를 겪어야 했다. 택시 기사에게 보여줄 주소를 물어보면 몇 가지 서로 다른 답이 돌아왔다. 그때마다 난 당황했지만, 너무 바쁜 탓에 그저 이런 게 서울인가 보다, 받아들이자고 생각했다.

전시회에 다녀오고 며칠 후, 또 다른 고객인 이정명 작가에게 연락이 왔다. 한국에서 가장 유명한 작가 중 하나인 그는 나와 나의 한국 에이전트에게 근사한 저녁을 대접하고 싶다고 했다. 그리고 이번에도 역시 같은 문제가 발생했다. 식당을 찾기 위해 근처를 뱅뱅 도는 택시에 앉아있자니 몇 시간이 흘러버린 느낌이었다. 마침내 도착한 약속 장소에서 식사를 마친 후, 이정명 작가가 내게 서울에 머무는 동안 혹시 자신이 도울 일이 없는지 물었다. 난 얼마 전 갤러리 사건과 어디를 가든 두 개 이상의 주소를 알고 있어야 하는 상황에 대해 하소연했다. 내가 미친 걸까 아니면 세상이 미친 걸까? 영화 〈매트릭스〉보다 이해하기 힘든 상황이 서울에서 벌어지고 있었다! 이 작가는 웃음을 터뜨렸다.

“아, 주소 문제로군요! 맞아요. 골치 아프죠. 제가 천천히 설명해 드릴게요.”

그의 설명에 따르면, 10년 전 서울시가 수도를 현대화하기 위해 시 전역의 도로 이름과 주소를 바꾸었다. 하지만 그 결과 누구도 입에 올리려

하지 않는 엄청난 혼란이 발생했다.

서울시의 많은 도로는 원래 이름이나 숫자가 붙어있지 않았다. 주변 큰 건물을 이용해 부르는 게 다였다. 이름이 있던 도로에는 새로운 이름이 부여되었다. 뉴욕의 파크애비뉴를 갑자기 바버라 도로라고 부르는 것과 같은 일이었다. 이러니 주소를 보고도 어디인지 모르는 게 당연했다.

주소 체계가 이렇게 복잡해진 것과는 별개로, 누구도 내게 이 문제를 설명해 주지 않았다는 점도 놀라웠다. 한국에서는 질문에 대한 직접적인 답을 구할 수 없을 때가 많다. 그럴 때면 얽히고설킨 거미줄에 붙잡힌 기분이 들 수도 있다. 하지만 이런 문화에 대해 이미 안다면 이 또한 재미있게 즐길 수 있을 것이다. 나처럼 미스터리를 좋아하는 사람에게는 서울이라는 도시가 딱이다!

한국은 매일 크리스마스

한국에서는 선물을 주는 것이 만남의 중요한 요소다. 선물은 존중의 마음을 전하고, 상대의 기분을 좋아지게 하며, 주는 이의 품격을 보여준다. 선물은 허리를 숙이는 인사법이나 말로 하는 인사만큼 필수적이다.

한국에서 선물은 명절에만 주고받는 것이 아니다. 일상적인 의식에 가깝다. 또한 선물을 어떻게 주느냐가 선물 자체만큼이나 중요하다. 오래된 고객이나 친구와의 만남이든 새로운 고객과의 첫 미팅 자리든 선물은 필수다. 서먹한 분위기가 화기애애해지고, 상대에게 존중과 환영의 마음도

전할 수 있다. 누군가의 집에 초대받았을 때도 반드시 선물을 준비하라. 남의 집에 빈손으로 가면 무례하고 경솔해 보이기 십상이다.

선물의 가격은 중요하지 않다. 선물 준비에 들인 노력과 정성이 중요한 것이다. 선물을 포장할 때에는 왕족의 색인 빨강과 노랑, 행운의 색인 파랑, 혹은 행복을 상징하는 핑크와 노랑으로 하는 것이 좋다(단 카드나 편지에 빨간색으로 이름을 쓰지는 마라. 관계를 끝내자는 의미로 해석될 수 있다).

생애 주요 행사를 맞이하면, 한국인들은 더욱 정성을 다한다. 아기의 첫 번째 생일을 '돌' 혹은 '돌잔치'라고 부르는데, 매우 큰 축하 행사가 열린다. 한국은 세계 어느 나라에서도 찾아볼 수 없는 독특한 방식으로 나이를 센다. 아기는 태어나는 순간 한 살이 되고(배 속에서부터 나이를 먹기 시작하기 때문이다) 우리가 전통적으로 첫 번째 생일이라고 생각하는 해에 두 살이 된다. 그리고 바로 그때 '돌잔치'를 여는 것이다. 아이를 위해 열리는 이 잔치에는 떡(행운을 상징한다)과 미역국(출산 후 산모가 미역국을 먹는 전통이 있기 때문이다) 그리고 과일이 준비된다. '돌잔치'의 하이라이트는 '돌잡이'인데, 이것은 아기의 미래를 점치는 게임 같은 것이다. 부모들은 여섯 개에서 여덟 개의 물건을 준비한다. 동전(부유함), 책(지식), 실(장수) 등을 테이블이나 쟁반 위에 늘어놓는 것이다. 아기는 그중 두 개를 집을 수 있는데, 이 선택된 물건이 그 아기의 삶의 행로를 결정한다고 한다.

예전에는 금반지를 선물로 주었지만, 지금은 돈을 주는 것이 일반적이다. 돈이 선물 역할을 하는 곳이 또 있다. 결혼식과 또 다른 생일잔치들이

다. 60세, 70세, 80세 생일잔치에는 술이나 선물 바구니를 가져가는 것
도 괜찮다. 집들이에 초대받았다면, 초나 커피메이커는 머릿속에서 지워
버려라. 한국에서는 새집으로 이사한 사람에게 청소용품이나 화장지를
선물해야 한다!

상호성 또한 한국 문화의 중요한 부분이다. 따라서 너무 비싼 선물은
하지 않는 게 좋다. 상대가 비슷한 가격의 선물을 돌려줘야 한다는 부담
을 안게 되기 때문이다.

선물을 주고받을 때는 명함을 건넬 때처럼 양손을 사용한다. 그리고 선
물은 그 자리에서 바로 열지 말고, 나중에 열어보라.

• 바버라의 한국 사랑 가게 •

서울에 처음 갈 때 난 모두에게 선물을 사야 한다는 것은 알았지만, 무엇을 사야 할
지 감을 잡을 수 없었다. 그런데 공항 면세점에서 찾던 것을 발견했다. 씨즈캔디
(See's Candies) 상자들이었다. 씨즈캔디는 내가 어렸을 때 유명했던 미국 사탕 브랜
드다. 엄마와 할머니는 저녁 식사 자리에 초대받으면 씨즈캔디를 선물로 사곤 했고,
이 브랜드는 내게 특별한 정서적 의미를 갖게 되었다.

난 업무상 만나게 될 사람들에게 모두 선물을 주고 싶었기 때문에, 사탕 60상자를
샀다! 그리고 호텔 방에 탑처럼 높이 쌓아두었다가 누군가를 만나러 나갈 때 하나씩
챙겨갔다. 그러던 어느 날 저녁, 나는 묵고 있는 호텔 바에서 미팅이 있어 내려갔다
가 선물 상자를 깜빡한 것을 깨달았다. 난 후다닥 방으로 돌아가 두 상자를 집어 들
고 바로 돌아왔다.

"방에 사탕 가게 차리셨어요?"

미팅 상대가 놀란 듯 즐거운 표정으로 물었다.

"맞아요!"

난 솔직히 털어놓았다. 사람들은 모두 사탕을 좋아했다. 특히 내 개인사와 연결돼
있다는 점을 좋아했다. 씨즈캔디는 이제 그들에게도 의미 있는 브랜드가 된 것이다.

언제나 사랑이 가득한 곳

한국에서는 2월 14일이 되면 밸런타인데이를 기념해 선물을 주고받는다. 그런데 반전이 있다. 오직 여성들만 사랑하는 이에게 초콜릿 선물을 준다. 하지만 걱정하지 마시라. 여성이 아니더라도 사랑하는 상대에게 선물을 주고 함께 시간을 보낼 기회는 얼마든지 있다. 실제로 한국인들은 일 년에 열두 번 이런 로맨틱한 기념일을 챙긴다. 매월 14일이 바로 그날이다. 그중 내가 제일 좋아하는 기념일 몇 개를 소개하자면, 먼저 화이트데이라고 불리는 3월 14일이 있다. 이날이 되면 남성이 여자 친구에게 화이트초콜릿이나 하얀색 꽃을 선물한다. 4월 14일은 블랙데이라고 부르는데, 2월이나 3월에 선물을 받지 못한 싱글들이 모여 서로를 축하해 준다. 이들은 자랑스럽게 검정 옷을 입고, '짜장면'이라고 불리는 검은 소스 면 요리를 먹는다. 한국에서의 삶은 철저하게 결혼과 가족 중심이다. 그래서 싱글들이 목소리를 낼 수 있는 이 하루는 정말 특별하다.

5월 14일은 로즈데이다. 커플은 서로에게 노란 장미를 주고, 싱글은 노란 옷을 입고 노란색 카레를 먹으며 사랑을 찾기로 결심한다!

한국의 추수감사절

한국에서 가장 큰 명절은 음력으로 새해 첫날을 기념하는 음력설, 즉 '설날'과 한국의 추수감사절이라고 할 수 있는 '추석'이다. 3일간 지속되는 추석에 사람들은 고향으로 돌아가 가족들과 한 해의 수확을 축하하고 조상을 기리는 기념 의식을 치른다.

명절에도 선물은 중요하다. 보통 가족들이 다 같이 즐길 수 있는 것을 선물하는데, 예를 들면 과일 바구니나 특별한 차 세트, 혹은 한국 전통 과자 등이 있다. 나이가 많으신 분들께는 건강보조제를 드리기도 하고, '송편'(참깨와 설탕으로 속을 채운 떡)처럼 달콤한 디저트류를 선물하기도 한다. 또 다른 전통 과자인 과편은 버찌, 모과, 살구, 산사나무 열매 등을 꿀과 전분과 함께 끓여 만든 과일 젤리인데, 조선시대 궁전에서 만들어 먹던 것이라 전해진다.

한국 방문 중 내가 받은 가장 특이한 선물은 고객 작가 중 한 명이 준 수놓은 메밀껍질 베개였다. 숙면과 소화에 도움을 준다는 것을 알고 나서, 내 건강을 생각한 그의 배려심에 감동 받았던 기억이 난다.

• 한국식 인사법과 의사소통에서 얻은 가르침 •

의사소통은 우리 삶에 필수적이다. 만나는 모든 이에게 공손하면, 모든 사회적 관계를 성공으로 이끌 수 있을 것이다.

상호성은 한국 문화의 근간이다. 선물을 줄 때는 상대가 나에게 답례할 때 금액에 부담을 느끼지 않을 수준이 되도록 신경 써라.

선물의 진정한 가치는 그 안에 담긴 마음이다. 출국 전 개인적 의미가 있거나 개인사와 관련 있는 특별한 선물을 준비하라.

방문하는 나라의 예법을 따라라. 초대해 준 사람에 대한 존경과 존중을 보여줄 수 있다.

좀 불편하더라도 사람을 솔직하게 대하라. 그래야 신뢰가 쌓이고 진정한 관계를 유지할 수 있다.

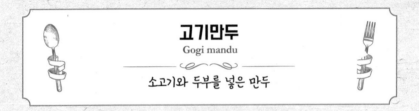

고기만두
Gogi mandu
소고기와 두부를 넣은 만두

내 친구이자 《엄마를 부탁해》의 작가 신경숙이 내가 집에 놀러 가면 만들어 주던 음식이다. 그녀의 조리법을 그대로 공개한다.

"추석이나 설 같은 명절이 되면 한국 사람들은 찐만두나 만둣국을 먹기 위해 집에서 만두를 빚어요. 만두는 만들기가 꽤 까다로워서 만들 때 아예 많이 만들어서 냉동실에 채워놓았다가 몇 주 혹은 몇 달 동안 필요할 때마다 꺼내 먹는답니다.

집마다 조리법도 다른데, 보통은 주요 재료로 이름을 붙이죠. 김치가 많이 들어가면 김치만두, 두부가 유난히 많이 들어가면 두부만두, 고기를 가득 채운 것은 고기만두, 이런 식이에요. 제 평생 만두 싫다는 사람은 못 본 것 같아요. 한국인이든 외국인이든 말이에요.

바버라가 제 말이 맞다는 걸 확인해 줄 거예요. 그녀가 한국에 있을 때 제 시누이가 준비해 둔 만두로 만둣국을 끓여준 적이 있어요. 바버라가 한 그릇을 뚝딱 해치우더군요.

만두는 사람들 얼굴에 미소를 불러오는 음식이에요. 제 생각이지만 일단은 꽤 사랑스럽게 생겼잖아요. 더 좋은 건 크기가 작아서 누구든 부담 없이 한두 개 정도 먹어볼 수 있다는 점이죠.

만두는 제가 제일 좋아하는 음식이기도 해요. 예전에는 이사를 가면 늘 동네에서 제일 맛있는 만두 가게를 찾아서 단골집 삼았어요.

누구든 한국에 오게 되면 꼭 가까운 만두 가게에 가서 만두를 드셔 보세요. 장담컨대 어느 가게에 가든 너무 맛있어서 깜짝 놀랄 거예요. 저는 찜기 뚜껑을 열 때 확 풍겨오는 맛있는 만두 냄새만 생각해도 입 안 가득 침이 고인답니다."

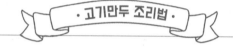

재료

(5인분)

국물

다시마 한 움큼
말린 새우 한 움큼
말린 멸치 한 움큼

반죽

밀가루 250g
쌀가루 115g
찹쌀가루 3큰술
소금 1/2작은술
계란흰자 1개
따뜻한 물 200ml

만두소

숙주 75g
당면 75g
다진 쇠고기 225g
잘게 썬 두부 100g
다진 마늘 1큰술
참기름 1작은술
후추 1꼬집
소금 1/2작은술
쌀가루 1큰술
계란노른자 1개
한국식 간장

01. 국물은 전날 밤에 준비한다. 큰 냄비에 찬물을 붓고 다시마 한 움큼, 말린 새우 한 움큼, 말린 멸치 한 움큼을 넣는다(채식주의자의 경우 멸치는 생략해도 좋다). 맛이 우러나게 밤새 그대로 둔다(편의상 닭고기 육수를 사용할 수도 있다).

02. 만두를 만들기 위해서, 모든 종류의 가루와 소금을 그릇에 담고, 계란흰자를 넣는다. 모든 재료를 섞어 반죽을 만든다.

03. 물을 조금씩 부으면서, 반죽이 부드럽고 찰진 상태가 될 때까지 치댄다.

04. 반죽이 완성되면, 랩을 씌워 5-6시간 정도 냉장고에서 숙성시킨다.

05. 소를 준비하기 위해서는 먼저 숙주를 1분, 당면을 3분 쪄낸다(혹은 포장지에 적힌 설명을 따른다). 물기를 닦은 후 후 잘게 썬다.

06. 그릇에 숙주와 당면 그리고 다진 쇠고기와 두부를 담아 섞는다. 다진 마늘, 참기름, 후추, 소금, 쌀가루 그리고 계란노른자도 그릇에 넣어 골고루 섞는다.

07. 소는 그대로 두고, 만두피를 준비할 차례다. 냉장고에서 반죽을 꺼낸다. 실온에 5분 정도 두면 더 부드럽고 잘 펴진다.

08. 반죽을 손바닥 크기만큼 떼어낸 뒤, 밀가루가 뿌려진 깨끗한 표면에 놓고 밀방망이로 밀어 지름 12cm 정도의 얇은 원을 만든다. 원 만들기를 반복해 반죽을 다 쓰고 나면 만두피가 조리대에 달라붙지 않도록 양쪽 면에 밀가루를 흩뿌린다.

09. 둥근 모양의 만두를 만들려면 작은 공 형태의 소를 만두피 가운데 올리고 양 끝을 당겨 소를 감싼 뒤, 마주 닿은 끝부분을 납작하게 눌러 붙여준다. 엠파나다 형태의 만두를 만들기 위해서는 만두피 한쪽에 소를 올린 뒤 피를 반으로 접어 소를 덮고 가장자리를 꼭꼭 눌러 붙인다.

10. 준비한 국물을 팔팔 끓이고, 다진 마늘을 넣고 젓는다. 그런 다음 만두와 약간의 간장을 넣는다.

11. 만두가 국물 위에 떠오르고 만두피가 투명해지면(만두 크기에 따라 5-10분 정도 소요된다) 만두가 다 익은 것이다. 확인하고 싶으면 젓가락으로 찔러보라. 젓가락이 만두를 깨끗하게 관통하면 완성된 것이다.

12. 음식을 그릇에 담고 그 위에 토핑을 올린다. 계란을 익혀 가늘게 자르거나 생버섯 혹은 말린 버섯을 깍둑썰기하여 올리면 좋다.

남양주

02
음식 Eumsik

수프과 연

한국에 있는 동안은 작가, 출판사 관계자들, 편집자들과 약속이 너무 많아서 하루도 시간을 내기가 힘들다. 그래서 나의 한국 공동 에이전트 조셉이 서울을 벗어나 남양주라는 도시로 드라이브 가자고 했을 때 난 기쁜 마음으로 제안을 받아들였다. 서울에서 25분 거리인 남양주에는 영화종합촬영소(DMZ를 그대로 본뜬 세트장이 있다), 산책로, 조선왕릉, 수변 생태공원 등이 있다.

　난 무슨 일이 벌어질지 전혀 모른 채 차 뒷좌석에 앉아 도시 풍경이 시골 풍경으로 바뀌는 모습을 바라보았고, 그러는 사이 차는 나무가 무성한 산속으로 들어갔다. 때는 여름이었고, 날씨는 무더웠다.

2. 음식

한 시간쯤 지난 뒤, 우린 남양주 외곽에 도착했다. 조셉은 큰길에서 벗어나 차를 세웠고, 우린 흙길을 걸어 한 작은 식당으로 향했다. 식당 바깥에는 커다란 나무가 무리 지어 서있고 그 아래에 놓인 야외 테이블 주변에는 사람들이 모여있었다. 문을 열고 들어가자 오래된 자갈 마당이 펼쳐졌다. 닭은 꽥꽥 소리를 지르며 마당을 빙빙 돌았고, 일광욕을 즐기던 작은 개는 귀찮은지 시선조차 돌리지 않았다. 문 앞에서 신발을 벗고 작은 방 안으로 들어간 우리는 한국의 전통 방식에 따라, 낮은 밥상을 가운데 두고 짚자리가 깔린 바닥에 둘러앉았다. 잠시 후 종업원이 김치, 연근, 무, 채소 절임 등이 담긴 작은 접시들을 상에 내려놓고, 밥상 한가운데 놓인 가스레인지에 불을 붙였다. 그리고 그 위에 커다란 돌 냄비를 올렸는데, 그 안에는 쌀, 인삼, 마늘, 대추로 속을 채운 닭이 진한 국물에 담겨있었다.

이것이 그 유명한 한국의 인삼 닭고기 수프, 즉 '삼계탕'이었다. 면역력을 높여주고 정신을 맑게 해준다는 음식이다. 일 년 내내 먹을 수 있지만, 특히 여름에 땀을 많이 흘려 몸이 약해질 때 기운을 북돋우기 위해 많이 먹는다.

닭고기 수프는 최고의 힐링푸드인 것 같다. 조금씩 다른 형태이기는 하지만 모든 문화권에 존재하는 것만 봐도 그렇다. 그리스에는 레몬을 넣은 아브고레모노가 있고, 유대인들에게는 유대인의 '페니실린'이라 불리는 맛초볼을 곁들인 닭고기 수프 요리가 있다.

한국의 인삼 닭고기 수프는 단순한 음식이 아니다. 이것은 우정과 사랑과 위로와 기쁨 그리고 감사의 음식이다. 그날 난 이 음식을 처음으로 맛보게 되었다. 커다란 냄비에 든 음식을 친구들과 함께 나눠 먹은 것은 잊지 못할 경험이었다. 집에서 수천 킬로미터 떨어진 곳이었지만 수프를 먹는 순간 난 익숙함과 편안함을 느꼈다. 인삼과 한국 채소들이 한국 특유의 맛을 내고 있었지만, 할머니가 만들어 주시던 닭고기 수프가 생각날 정도였다.

점심 식사 후, 먼 길을 걸어 연밭에 도착하자 숨 막히는 광경이 펼쳐졌다. 바다처럼 넓게 펼쳐진 핑크색 꽃들이 산들산들 여름 바람에 파도치듯 흔들리고 있었다.

연은 한국 문화에서 가장 중요한 상징 중 하나다. 흙탕물 속에서도 싹을 틔워, 물 위에서 놀랍도록 아름다운 꽃을 피워내기 때문이다. 주변 환경에 굴하지 않고 아름답게 피어나는 꽃은 우리 모두에게 가르침을 준다. 이러한 연꽃의 비유는 지난 수 세기 동안 많은 이들에게 영감을 주었다. 유교와 불교 모두에서 연꽃은 미덕과 순수한 마음 그리고 종교적 자각을 상징한다.

그날 남양주에서 느낀 놀라운 감정을 나는 지금도 기억한다. 가장 아름다운 대자연의 모습과 세상에서 가장 맛있는 인삼 닭고기 수프라는 한국의 두 가지 경이를 경험한 날이니 말이다!

밥 먹었어요?

사무실에서든 데이트를 하든 혹은 집에서든 누군가를 만났을 때 당신이 제일 먼저 듣게 되는 말은 "밥 먹었어요?"일 것이다. 문자 그대로 식사를 했는지 묻는 질문이다. 하지만 이 질문은 "어떻게 지내요?"라는 의미를 내포하고 있다. 오랜 세월 가난과 굶주림, 전쟁과 기아를 겪은 한국에서 매 끼니는 매우 소중하다. 난 한국으로 꽤 긴 여행을 여러 번 다녀온 후 이런 사실을 알게 되었다. 한국인은 친구, 손님, 가족, 때로는 낯선 이에게도 반드시 밥을 먹여야 하는 사람들이다.

그렇다고 해서 한국인의 식사가 단지 음식을 먹는 행위일 뿐이라는 뜻은 아니다. 식사는 사람과 문화, 그들이 자연과 역사를 대하는 태도를 모두 담고 있다. 나는 한국 사람들과 함께 식사를 하면서 그들을 이해하기 시작했다. 한국에서는 모든 아침, 점심, 저녁 식사가 맛있고 건강에 좋은 음식을 함께 즐기고 그에 감사할 수 있는 특별한 자리다. 따라서 식탁 예절을 지키는 것은 매우 중요하다. 밥상에 둘러앉은 모든 사람을 존중하고 서로 조화를 이루기 위한 아름다운 관습이므로, 외국인이라 할지라도 꼭 배워야 한다.

몇백 년 동안 이 땅을 다스린 왕족의 구성원이든 시골 농부든 먹는 행위는 늘 공동의 경험이었다. 이 관습은 오늘날까지 이어졌고, '정'의 좋은 예로 한국인들을 하나로 묶는 보이지 않는 끈 역할을 하고 있다.

또한 한국 문화에서는 나이가 많은 사람이 사회적 위계의 상층에 위치하기 때문에, 함께 식사하는 사람들 중 가장 나이 많은 사람이 자리에 앉고 음식을 먹기 시작할 때까지 다른 사람들은 모두 기다려야 한다(한국인들이 나이를 묻는 또 하나의 이유다).

식당이나 가정집에 들어갈 때는 신발을 벗어야 한다(발이나 양말 상태가 깨끗한지 확인해 두는 것이 좋다). 전통 식당에서는 바닥에 앉는 경우가 많다. 팁 문화가 없다는 사실도 기억해 두면 좋다.

음식 준비 과정은 길고 그것을 내놓는 일 또한 섬세한 기술이 필요하다. 한국 식사의 주재료는 쌀, 국수, 김치, 두부, 마늘, 생강, 고추장, 절인 채소나 식물 뿌리 그리고 생선과 돼지고기, 소고기, 닭고기 등이다. 단백질은 많은 부분을 차지하지 않는다. 립아이 스테이크 하나를 다 먹어 치우는 한국인은 없다. 한국인이라면 스테이크를 얇게 썰어 적당한 양만 그릇에 담고, 다른 신선한 재료들과 함께 먹을 것이다. 감자튀김이나 가공식품은 눈을 씻고 봐도 없다! 식탁 위에 후추나 소금이 올려져 있지도 않다. 빵과 버터도 없다. 대신 샐러드와 과일, 각종 채소가 마치 꽃처럼 다양한 크기의 접시 위에 잘 배열되어 있다.

중국인이나 일본인과는 달리 한국인들은 5세기부터 숟가락을 사용했다. (나무가 아닌) 금속 젓가락도 마찬가지다. 밥공기에 젓가락을 똑바로 꽂아놓는 것은 무례한 행동이다. 조상에게 제사를 지낼 때 제물로 올려진 밥그릇에만 젓가락을 꽂을 수 있다. 평범한 식사 중에는 접시 가장자리에 내려놓으면 된다.

한국 사람들은 손님 대접이 극진하다. 나는 영광스럽게도 여러 고객들에게 점심과 저녁을 대접받았다. 집으로 식사 초대를 받은 경우, 한국 사람들은 음식을 먹기 전에 "잘 먹겠습니다"라고 말한다. 다 먹은 후 집주인에게 감사 인사를 하고 싶을 땐 "잘 먹었습니다"라고 하면 된다.

식사는 절대 서두르지 않는다. 음식뿐 아니라 그 자리에 모인 사람들과의 관계를 모두가 충분히 만끽할 수 있도록 배려하는 것이다. 전통적인 한국 식사에는 주요리가 없다. 대신 '반찬'이라 부르는 요리 여러 개가 작은 접시에 담겨 나오는데, 찌거나 절이거나 끓이거나 혹은 튀긴 채소들이다. 이 반찬들은 식사하는 내내 다시 채워준다. 모든 사람이 상 위에 놓인 모든 음식을 함께 나눠 먹는다. 자기 접시에 음식을 잔뜩 쌓아두는 사람은 없다. 사실 앞접시에 음식을 남겨두는 것은 예의가 아니라고 한다. 사람들은 충분히 양이 찰 때까지 음식을 조금씩 계속 덜어 먹는다. 식사의 마지막 단계는 구수한 수프다.

한국의 식사에서 음식을 낭비하거나 버리는 일은 일어나지 않는다. 한국 사람들과 여러 번 식사를 하며 배운 것이 있다면, 적은 양을 천천히 먹어야 소화도 더 잘 된다는 것이다. 이렇게 먹는 것이 이들이 적정 몸무게를 유지하는 비결인 것 같다.

한국 음식의 모든 것

대부분의 외국인에게 한국어는 배우기 쉬운 언어는 아니다. 기본 자모가 아예 다르고('한글'이라고 부른다) 통사 구조도 독특하다. 하지만 한국에서 첫 식사를 한 뒤, 난 먹고 싶은 음식 이름을 빠르게 배워갔다. 당면 요리가 먹고 싶을 때는 '잡채'라고 하면 된다. 만두가 너무 먹고 싶을 때는 '만두'라고 정확하게 발음할 수 있다. 내가 직접 선정한 한국에서 먹어야 할 음식 목록을 공개하겠다. 이 이름들만 외우면 한국에서 굶을 일은 없을 것이다.

비빔밥 - 남은 음식 사랑

'비빔밥'은 뒤죽박죽으로 섞은 밥이라는 뜻인데 한국 가정에서 많이 먹는 음식이다. 수백 년 전 농부들이 먹기 시작한 이 음식은 우묵한 그릇에 밥을 담고 그 위에 고기와 계란 그리고 각종 채소를 올린다. 비빔밥은 냉장고에 남은 재료들을 활용하기 좋은 음식일 뿐 아니라, 집에서 간단히 만들기도 좋다. 먼저 밥을 담는다. 그리고 먹다 남은 '불고기'나 해산물, 또는 닭고기와 반숙한 계란을 넣고, 얇게 썬 파와 콩나물을 올린다. 짜잔! 균형 잡힌 한 끼 식사가 완성됐다.

불고기 - 불과 고기

대부분의 미국인들이 그러하듯, 나 역시 한국식 바비큐, 즉 '불고기'로 한국 음식을 처음 접했다. 이름을 글자 그대로 분석하면 불과 고기라는 뜻이 되는데, 먼저 얇게 썬 소고기를 간장, 생강, 마늘, 참깨, 후추, 양파 등을 섞은 양념에 재운다. 단맛을 내기 위해 파인애플 주스나 다른 과일 혹은 설탕을 넣기도 한다.

'불고기'는 불 위에 직접 올려 요리하는데, 보통 식탁 가운데 만들어 놓은 그릴에 굽는다. 대부분은 소고기지만, 닭고기나 해산물을 쓰는 경우도 있다(서울에서 최고의 해산물 바비큐 식당을 찾을 수 있는 곳은 동대문 생선구이 골목이다).

한국식 바비큐를 먹을 때 또 하나의 즐거움은 직접 고기를 굽는다는 점이다. 먼저 얇게 썬 고기와 김치, 채소 절임 등의 반찬 그리고 흰 쌀밥이 식탁 위에 차려진다. 종업원이 그릴 위에 고기를 올려주고 나면, 다음 과정은 손님 몫이다. 고기가 잘 익으면 한 점을 밥 위에 올려놓거나 상추에 싸서, 찍어 먹는 소스를 살짝 발라보자. 이제 인생 최고의 한입을 즐기면 된다!

건배!

한국의 식사나 행사 자리에 빠지지 않는 것이 있다. 바로 '소주'다. 소주는 쌀, 보리, 밀 그리고 최근에는 고구마를 재료로 만든 증류주로 보드카와 종종 비교된다. 국민 술이라 불리는 소주는 그 역사가 길다. 기록에 따르면 13세기 몽골 침략 때 포도와 아니스 열매로 만든 술인 아라크주의 증류법이 처음으로 한국에 알려졌다.

소주는 작은 유리잔에 마시는데, 꼭 지켜야 할 규칙이 있다. 자기 잔에

술을 따라서는 안 되고, 다른 사람에게 술을 따라줄 때는 언제나 양손을 써야 한다는 것이다. 술을 받은 사람은 다시 상대의 술잔을 채워준다. 술을 마실 때는 한국어로 "건배!"라고 말하면 된다. 술을 다 마셔 잔을 비운다는 뜻이다.

치맥

한국인들이 처음으로 미국식 프라이드치킨을 맛본 것은 한국 전쟁[1950-1953] 중이었다. 전해지는 이야기에 따르면, 남한에 주둔 중인 미군이 추수감사절에 칠면조를 구할 수 없어 대신 닭을 튀기고 동맹인 남한 군인들과 나눠 먹었다고 한다. 한국 군인들은 이 새로운 조리법이 꽤 마음에 들었다. 그전까지 한국에서는 닭을 찌거나 끓여 먹었기 때문이다.

그 후 시간이 흘러, 오늘날 한국에서 치킨은 한 끼 식사 혹은 간식으로 가장 인기 있는 음식이다. 사실 최근 조사에 따르면, 외국인들이 가장 좋아하는 한국 음식도 치킨이었다(2등은 김치, 3등은 비빔밥이다).

한국의 치킨과 서양식 조리법 사이에는 큰 차이가 있다. 한국에서는 껍질을 매우 얇고 바삭하게 만들어 내기 위해 닭을 두 번 튀긴다. 일반적인 프라이드치킨 외에 고추나 마늘이 들어간 매운 소스를 입힌 치킨도 있다. 어느 쪽을 좋아하든, 한국 치킨을 먹을 때는 언제나 맥주가 있어야 한다. 한국에서는 이 요리를 치맥이라고 부른다(치킨의 '치'와 맥주의 '맥'을 붙인 이름이다).

한국에서 치킨을 먹으려는 사람은 선택의 폭이 너무 넓어 당황하게 된다. 한국에는 대략 8만 개의 치킨집이 있는데 그중에는 체인점이 많다. 당신이 한국이 아닌 다른 나라에 있다 해도 치킨을 먹는 데는 아무 문제가 없다! 한국의 주요 체인 중 여러 업체가 해외에 지점을 두고 있기 때문이다.

잡채 - 한국 파스타

'잡채'는 내가 가장 좋아하는 음식 중 하나다. 녹두, 고구마 혹은 다른 콩이나 채소로 만든 당면을 파, 당근 그 외 푸른 채소와 함께 볶는다. 농도는 파스타보다 훨씬 가볍지만, 당면이 소스를 흡수해 맛을 낸다.

김치 - 국민 음식

모든 나라에 각자의 냄새가 있다면 한국의 냄새는 바로 소금에 절여 발효시킨 채소, 오랜 시간 국민 음식이라 여겨진 김치일 것이다! 1999년 엘리자베스 2세 여왕이 한국에 방문했을 때, 그녀는 하회라는 오래된 마을에서 김치 만드는 과정을 견학하기도 했다.

　김치의 역사는 수천 년을 거슬러 올라간다. 한국인들은 겨울을 나기 위해 발효시킨 채소를 흙 항아리에 넣어 땅에 묻었다. 아삭하고 매콤한 맛의 김치는 식이섬유와 비타민 C, 프로바이오틱스 그리고(우리 몸에 들어가면 비타민 A로 변환되는) 카로틴 등이 풍부해 엄청난 건강식이기도 하다.

향신료, 양념, 애피타이저 역할은 물론 반찬도 되고 혹은 단독으로 먹기도 하는 김치는 만드는 방법도 수백 가지에 달한다. 하지만 가장 대표적인 것은 배추, 무, 오이로 만든 김치다. 이 채소들을 생강, 마늘, 파, 고추가 들어간 소금물에 푹 담갔다가 통에 넣어 밀봉하면, 겨우내 먹을 수 있다.

김치 만들기는 잼이나 다른 저장식품을 만드는 것과 비슷하다. 한 통만 채우는 법은 없다. 엄청난 양을 한꺼번에 만들기 때문에 하루 종일 걸린다(직접 김치를 만들고 싶다면 7장 조리법을 참고하라).

한국 문화에서 김치가 얼마나 중요한지 아직 감이 안 잡히는 사람들을 위해 한마디만 덧붙이겠다. 서울에는 김치 박물관이 존재한다!

만두 – 만두 천국

맛있는 것들을 한데 뭉친 작은 꾸러미 같은 한국의 만두는 애피타이저로 먹거나 국물에 넣어 먹는다. 얇게 핀 반죽 안에는 채소, 고기, 해산물, 양파, 김치, 시금치 그 외 어떤 재료도 들어갈 수 있다. 쌀가루로 직접 만두를 만드는 조리법을 41쪽에 소개했지만, 원한다면 으깬 고구마나 시금치를 반죽에 첨가할 수도 있다. 만두는 따로 만든 국물에 넣어 끓여서 따뜻한 수프처럼 먹을 수도 있고, 튀기거나 구워서 식초, 마늘, 생강 혹은 고추를 곁들인 간장에 찍어 먹을 수도 있다.

쌀이 세상을 움직인다

쌀은 한국인의 주식이다. 하지만 그들에게 쌀은 음식 이상의 의미가 있다. 옛날에는 그 집 창고에 쌀이 얼마나 쌓여있는지가 부유함의 척도였다. 쌀은 익혀서 조리가 되면 '밥'이라고 부른다.

음력 새해 첫날이 되면, 한국 사람들은 가족들과 함께 '떡국'을 먹는다. 얇게 썬 떡을 국물에 넣어 끓인 요리인데, 건강과 행운을 상징한다.

많은 사람들이 이미 만들어진 떡을 사지만, 특별한 질감을 원하거나 다른 곡물을 섞어 넣고 싶은 사람들은 직접 만들기도 한다. 먼저 쌀을 하룻밤 물에 담가 두었다가 다음 날 제분소에 가져가 빻아달라고 하면 된다. 제분소는 보통 전통 시장 안에 있는데, 손님이 가져온 씨앗으로 조리용 기름을 짜주기도 한다. 이런 기름은 훨씬 신선할 뿐 아니라 다른 인공적 첨가물이 들어가지 않기 때문에 인기가 좋다.

진짜 오징어 게임

당신은 음식을 대할 때 모험적인 편인가? 만약 뭐든 먹을 수 있다고 생각한다면, 한국의 별미 '산낙지'를 추천한다. "꿈틀거리는 낙지"라고도 하는 이 음식은 살아있는 작은 낙지를 그대로 잘게 잘라놓은 것이다. 이름 그대로 꿈틀거린다(사실 식탁에 올릴 때까지 낙지가 살아있어서 움직이는 것은 아니다. 낙지의 복잡한 신경계 덕분에, 뇌에서 아무 명령이 없는데도 다리는 계속 반사작용을 일으키는 것이다)! 참기름이나 고추장과 함께 먹을 수 있고, 젓가락을 사용한다.

• 한국 식탁에서 얻은 가르침 •

닭고기 수프는 음식이 아니라 약이다. 허브차를 많이 마시고, 식탁에 채소를 더 많이 올리고, 단백질은 조금씩만 먹어라. 몸과 마음이 건강해지는 것을 금세 느낄 수 있다.

모험 정신을 발휘해 보자. 김치 혹은 인삼이 들어간 음식을 먹어보라. 꿈틀거리는 낙지는 어떤가?

천천히 식사를 음미하라. 서둘러 먹으면 맛을 느낄 수 없다. 음식을 조금만 덜어 먹고, 여전히 배가 고프면 한 번 더 덜어 오면 된다. 이렇게 하면 만족스러울 만큼 충분히 먹되 배가 부를 때까지 가지 않는 법을 배울 수 있다.

가족이나 친구와 함께 먹으면 더 행복하다. 여의치 않으면 강아지나 고양이라도 곁에 두고 먹자. 사회적 유대와 소통이 정신 건강을 유지하는 힘이다.

매일이 추수감사절이라고 생각하자. 한국 사람들은 자신들의 나라가 얼마나 많이 발전했는지에 대해 감사한 마음을 가지고 있다. 전통적인 식사를 준비하고 먹을 때마다 그 마음이 눈에 보인다. 그러니 자신과 가족, 친구, 나라와 세상에 감사하고 자부심을 갖자. 물론 맛있게 먹는 것도 잊지 마시기를!

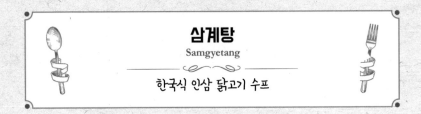

이 조리법은 동료인 수의 어머니이자 훌륭한 요리사인 이동경 님에게 받은 것이다. 대부분의 수프가 겨울 음식으로 간주되는 데 반해, 삼계탕은 한국의 후텁지근한 여름날 가장 인기가 좋다.

"한국의 인삼 닭고기 수프는 '삼계탕', '백숙' 등 이름이 여럿 있답니다. 미국식 닭고기 수프와는 달리 한국의 인삼 닭고기 수프는 여름 음식이에요. 한반도가 폭염에 휩싸이는 시기를 '삼복'이라고 부르는데, 특히 이때 많이 먹어요. 간소하지만 향이 강하고 영양가 높은 재료를 쓰기 때문에 건강에 좋고 고된 여름 더위를 견디는 데에도 도움을 준다고 생각하거든요. 그래서 여름이 되면 한국 사람들은 누구나 이 인삼 닭고기 수프를 한 그릇씩 먹죠.

인삼 닭고기 수프는 지금이야 흔한 음식이 되었고, 닭고기 좋아하는 한국 사람들에게는 일종의 힐링푸드 역할도 하고 있지만, 제가 어렸을 땐 여름마다 이 음식을 해 먹을 형편이 안 됐어요. 그땐 고기가 귀했으니까요. 게다가 닭은 내다 팔 수 있는 계란을 낳아주는 소중한 재산인데, 감히 먹을 생각을 못 했죠.

그래서 저는 20대가 되어서야 처음으로 닭고기 수프를 먹어봤어요. 엄마가 본격적으로 양계업을 시작해서 마침내 닭을 잡아먹을 수 있게 되었거든요. 이런 어린 시절 경험과 음식 자체의 우아한 소박함 때문에, 저는 이 수프의 핵심이 잘 기른 좋은 닭이라고 생각해요. 그 풍성하고 알찬 진액이 우러날 때까지 죽 끓이는 거죠. 그래서 저는 인삼과 마늘만으로 닭 본연의 맛을 더 풍부하게 살리는 이 고전적인 조리법을 제일 좋아해요. 그 외에는 아무것도 필요 없답니다."

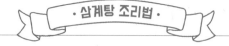

· 삼계탕 조리법 ·

재료

(4~6인분)

찹쌀 250ml
인삼 2뿌리
마늘 1통
닭 한 마리(1.5kg)
후추
소금

토핑

김
잘게 썬 파
볶은 잣

01. 먼저 찹쌀 250ml를 미지근한 물이 가득 담긴 냄비에 넣고 20분간 불린다. 찹쌀이 부드러워지면 나중에 닭 속에서 더 잘 익는다.

02. 찹쌀을 불리는 동안, 인삼과 마늘 껍질을 벗긴다. 썰 필요는 없다.

03. 닭 배 속에 찹쌀과 인삼, 마늘을 채워 넣는다.

04. 닭을 가슴이 위로 오도록 하여 커다란 육수 냄비에 넣는다. 그리고 닭이 다 잠기도록 물을 붓는다.

05. 뚜껑을 닫고 냄비를 센 불에 올린다. 물이 끓기 시작하면 불을 줄이고, 45~50분 정도 뭉근히 끓인다.

06. 불을 끈 뒤에도 뚜껑을 닫은 채 10분 정도 뜸을 들인다. 이렇게 하면 고기가 더 부드러워지고 풍미도 최대치로 끌어올릴 수 있다.

07. 닭을 조심히 냄비에서 꺼내 도마 위에 올린다. 육즙이 모일 수 있게 골이 진 것이 좋다. 포크와 나이프를 이용해 고기를 한 입 크기로 잘라 국물에 넣는다.

08. 닭고기가 들어간 국물을 국자로 떠 그릇에 담고, 각자 취향에 맞게 소금과 후추, 혹은 소금만으로 간을 한다. 간은 늘 마지막 단계에서 한다. 단순하고 맛 좋은 재료가 다른 요소의 간섭을 받지 않고 스스로 조화를 이뤄내는 시간을 주기 위해서다.

09. 원한다면 길게 자른 김, 잘게 썬 파, 혹은 볶은 잣을 토핑으로 올려도 좋다.

03
집 Jib

한국의 타임머신

서울에는 600년을 거슬러 14세기로 갈 수 있는 장소가 있다. 나는 이곳
에서 내 친구인 신경숙 작가와 조약돌이 깔린 좁은 골목길을 거닐며, 조
선 초기 지어진 집들을 창문으로 빼꼼 들여다보았다. 나무와 돌과 종이
로 만든 한국 전통 가옥, 즉 '한옥' 900여 채가 가득 채우고 있는 역사적인
마을, 북촌 한옥마을을 소개한다. 지금도 몇몇은 가정집으로 남아있지
만 대부분의 한옥은 개조해서 게스트하우스, 식당, 갤러리 등으로 바뀌
었다. 기능이 어떻게 변했든, 이곳 한옥은 모두 문화재보호법에 따라 보
호받고 있다. 북촌 한옥마을은 복잡한 도심 한가운데 자리 잡고 있지만,
사진을 찍어놓은 듯 한국 역사의 한순간을 놀라울 만큼 그대로 간직하고

있다.

두 개의 궁 사이에 위치한 이 마을은 원래 조선시대 사대부들과 왕실을 위해 일하는 고관대작들이 거주하던 곳이었다. 예전 모습을 그대로 유지하던 이 마을에 1930년대 이르러 새로운 '한옥'이 들어섰다. 그리고 1960년대가 되자 현대화에 박차를 가하던 서울은 마을 전체를 개조하고 전통가옥들을 다른 곳으로 옮길 계획을 세운다. 주민들은 마을을 살리기 위해 정부에 탄원했고, 다행히 그들의 바람은 이루어졌다.

우리는 완벽하게 보존된 한 '한옥' 앞에 이르렀다. 외부인 출입제한 표시가 된 이 집은 우리에게 차를 대접하겠다고 초대해 준 경숙의 친구 집이었다. 경숙은 고맙게도 나를 위해 이런 특별한 자리를 주선해 주었다. 한국 첫 방문 때부터 난 마음씨 좋은 한국 친구들에게 감동했다. 늘 내게 잊지 못할 순간을 만들어 주려고 노력하기 때문이다.

집주인이 돌담 사이 묵직한 나무 문을 열어주었고, 우리는 푸른 나무가 가득한 안뜰로 들어섰다(봄이 되면 이런 마을 집의 마당 정원에는 백일홍, 능소화, 대나무, 모란, 호박꽃과 빨간 장미 등이 만발한다). 짧은 돌길을 따라가니 출입문에 이르렀다.

우리는 신발을 벗었다. 바닥이 따듯해서 집 안 공기가 훈훈했다. 난 고요한 수도원에 들어가는 기분이 들었다. 모든 것이 깨끗하고 고요했기 때문이다. 모든 방에 반짝이는 나무 바닥이 깔려있었고 창문은 담황색 종이를 붙인 미닫이창이었는데, 가구는 하나도 보이지 않았다. 집주인은 키 큰 수납장을 열어 마호가니 테이블과 우리가 깔고 앉을 방석을 꺼내

주었다.

밖에서 눈이 내리기 시작했다. 푸른 정원에 조금씩 하얀 가루가 내려 앉았다. 창밖의 하얀 하늘이 멋진 배경막 역할을 해준 덕분에, 조각을 새 긴 나무 지붕과 돌담이 한층 두드러져 보였다. 온 세상이 차분하고 신비 롭고 낯설게 느껴졌다. 집주인은 돌 주전자와 하얀색 작은 도자기 컵들 을 테이블에 살포시 내려놓고, 전통적인 다도에 따라 우리에게 차를 대 접했다. 뜨거운 '생강차'는 겨울의 추위를 이겨내는 완벽한 해결책이었 다. 꿀에 잰 생강 뿌리를 갈아서 만든 이 차는 목을 타고 내려가 몸 전체 를 따뜻하게 데워주었다. 집주인이 나를 대하는 태도 역시 차만큼이나 따뜻해, 나는 곧 집에 온 듯 편안함을 느낄 수 있었다. 내 집에 온 손님은 가족처럼 대하는 것이 한국의 문화라는 것을 나는 그날 배웠다.

미니멀리스트를 자인하는 사람으로서 나는 그 집에 깊이 매료되었고, 20년이 넘도록 머릿속을 떠나지 않았던 문제를 집주인에게 털어놓았다. 뉴욕에 있는 친구나 동료들과 어울리지 못하는 느낌을 받는다는 사실을 고백한 것이다. 그들의 아파트는 온갖 물건과 가구로 가득하다. 하지만 난 빈방이 좋다. 우리 집에는 가구도 거의 없고, 난 한국인들처럼 모든 것 을 벽장에 넣어둔다. 뉴욕의 어떤 집에 있을 때보다 한옥마을에서 난 편 안함을 느꼈다. 난 집주인의 의견을 물었다.

"가구 사지 마세요!"

그가 주저 없이 대답했다.

"한국 사람들은 뭐든지 벽장에 넣어버려요. 그래서 방 분위기가 이렇게 고요하죠. 어수선한 걸 누가 좋아하나요?"

마침내 동족을 만났다! 한옥마을에 처음 갔을 때는 겨울이어서 사람이 별로 없었지만, 여름에 다시 방문했을 때는 관광객, 학생, 가족과 연인들로 마을이 꽉 차있었다. 한국 사람들은 한국의 전통 의상인 '한복'을 빌려 입고 한옥마을에 오는 것을 좋아한다(덕수궁 같은 다른 유적지를 방문하기도 한다). 조상의 삶을 더 가깝게 느껴보려는 것이다. 이 많은 사람들이 현재에 살면서 과거를 즐기는 모습은 지켜보는 나에게도 큰 즐거움을 주었다. 이런 모습들이 한국인의 특별한 유대감, 즉 '정'을 강화하고 조상에 대한 존경심을 깊어지게 하며, 강한 문화적 정체성을 만들어 내는 것이리라. 그야말로 역사가 만들어지는 현장이다.

북촌 한옥마을
주소: 서울 종로구 계동길 37
홈페이지: www.hanok.seoul.go.kr

한옥 내부

조선시대인 14세기에 이르러 발달하기 시작한 '한옥'은 흙, 나무, 돌 등 자연에서 구할 수 있는 재료를 이용했다. 토대는 돌로 만들었고, 나무 기둥으로 틀을 세웠으며, 붉은 점토로 만든 기와로 지붕을 올렸다. '한옥'의 규모는 사회적 지위에 따라 달라졌는데 양반 계층은 여러 채의 건물로 이루어진 집에서 살았다.

문과 창문은 목재로 격자 틀을 짜고, 유리가 아닌 두꺼운 종이를 붙여 만든다. '한지'라고 부르는 이 종이는 뽕나무 속껍질로 만들었고, 단열과 환기 기능을 동시에 완벽하게 해낸다.

붉은 점토는 습기를 흡수해 습도를 조절해 주는 기발한 재료로, 벽과 바닥 마감재로 이용되었다. '한옥'은 바닥을 따뜻하게 데우는 전통 난방 시스템인 '온돌'을 사용해 겨울에도 온기를 유지한다. 지대가 낮은 부엌의 아궁이에서 나무를 땔 열을 내면 그 열기가 돌바닥 아래 통로를 따라 위로 이동하는 방식이다.

한옥은 보통 앞에 강이 흐르고 뒤에 산이 있는 곳에 지어진다. 지붕은 더운 여름에 그늘을 만들기 위해 처마를 길게 뺐다. 북쪽 지방의 한옥은 온기를 뺏기지 않기 위해, 뜰을 가운데 두고 건물을 사각형으로 두른다.

집을 지을 때는 자연과 조화를 이룬다는 유교적 이상과 '풍수지리'(중국의 풍수^{Feng Shui}와 비슷하다) 이론을 모두 고려해야 했다. 풍수지리는 번영과 행운을 가져오기 위해서 집과 주변 환경의 관계에 주목한다. 유교는 남녀를 분리하는 것이 원칙이므로, 여자들은 안쪽 구역, 남자들은 바깥쪽 구역에서 생활했다.

'한옥'에서 제일 마음에 드는 것은 바로 자연을 중심에 둔다는 점이다. 방에는 언제나 마당을 향해 난 커다란 전망창이 있고, 마당에는 나무와 꽃이 가득하다. 한국인들은 바닥에 앉기 때문에 창문 높이가 낮게 설치되어, 창턱에 팔꿈치를 괴고 앉아 아름다운 경치를 감상할 수 있다. 한국 사람들은 창밖으로 보이는 모든 것을 정원이라 여겨, 존중하고 즐겼다. 이런 삶의 방식은 명상으로나 얻을 수 있는 놀라운 선물을 준다. 자연을 일상에 들여오는 것이 마음의 평화를 얻는 비결이기 때문이다.

한때 한옥은 구식 취급을 받아 현대적 기술을 적용하지 않고 지어졌다. 하지만 흥미롭게도 최근에는 한옥의 친환경적이고 지속 가능한 특징이 찬사를 받고 있다. 또한 한옥은 기둥 하나하나, 기와 하나하나를 조립해 지었기 때문에 그것들을 분해해 새로운 장소에 다시 집을 지을 수도 있다. 진정한 이동식 건축물인 것이다. 요즘 젊은 세대들은 한옥을 사서 내부만 새로 꾸미거나, 한옥의 건축 원칙을 고수하면서 새집을 짓기도 한다.

현대 한국인의 삶

오늘날 한국 사람들이 어떻게 사는지 알고 싶다면, 수학 방정식을 생각해 보라.

고대 유교적 가치 + 21세기 건축물 = 집

오늘날 한국의 5,100만 인구 중 80%는 도시나 도시권에 살고, 그중에서도 1,000만 명이 서울에 살고 있다.

한국은 국토의 70% 정도가 산지다 보니 공간이 귀했다. 결국 1960년대 이후 빠른 속도로 고층 건물을 올리기 시작했다. 미국인 대다수가 주택이나 빌라(보통 4층 높이에 여덟 내지 열 집이 들어가는 건물)에 살지만, 한국인은 대부분 고층 아파트 단지에 산다. 단지는 아파트가 스무 채까지도 들어가다 보니 하나의 독립된 마을과 비슷하다. 서울 아파트 가격은 평균적으로 4억 4천만 원에서 18억 8천만 원 사이다(호화로운 곳을 찾는다면 서울 강남으로 가보라. K-팝 스타와 배우 그리고 재계 거물들이 사는 이 동네의 아파트는 화려함의 절정이라 할만하다. 건물에는 주차장은 물론이고 스파와 헬스장, 수영장이 있는 경우도 허다하다. 가격은 18억 원에서 시작해서 끝없이 올라간다).

한국의 전형적인 아파트는 침실 둘 혹은 세 개에 주방과 거실, 화장실과 다용도실 그리고 음식을 저장하거나 빨래를 널 때 사용하는 널찍한 베란다로 구성된다. 내가 아는 서울 사람은 모두 현대적인 고층 아파트에 산다. 하지만 커다란 창고를 멋진 아파트나 가게로 개조하는 등 매우 흥미로운 새로운 형태의 집을 짓는 이들도 있다.

이런 고층 아파트는 밖에서 보면 온통 유리와 강철뿐이지만 안으로 들어가 보면 전통적인 한옥의 특징을 찾을 수 있다. 21세기 아파트도 한옥과 마찬가지로 현관 앞에 집 안의 다른 부분들보다 높이가 낮아 움푹한 부분이 있다. 한옥에서는 빗물을 받아내기 위한 것이었지만, 현대 아파트에서는 신발을 벗고 보관하는 용도로 사용된다. 또 한국의 모든 아파트는 거실 한쪽 면 전체가 유리 미닫이창 혹은 미닫이문으로 되어있다. 물론 한옥에서는 한지를 사용하지만, 그 형태만큼은 분명 유사하다. 바닥 아래에 설치하는 난방 시스템 또한 한옥에서 그대로 가져온 것이다. 다만 예전에는 나무를 땠다면 지금은 가스나 전기 난방관을 설치해 훨씬 안전해졌다!

바닥 문화

이미 언급했듯이 누군가의 집에 방문할 때 반드시 기억해야 할 가장 중요한 것은 신발을 벗어야 한다는 사실이다. 현관에 신발 두는 공간이 있고, 집에 따라 슬리퍼나 양말을 주기도 한다. 수 세기 동안 한국 사람들은 바닥에 앉고 바닥에 누워 잤다(지금은 서양식으로 생활하는 인구가 많다). 그래서 예전이나 지금이나 바닥은 반드시 깨끗하게 유지되어야 한다. 초대해 준 집주인에게 감사를 표현하는 선물도 꼭 가져가라(1장 내용 참고).

난 어렸을 때부터 늘 소파나 의자보다 바닥에 앉는 것을 더 좋아했다. 이미 그때부터 '몸이 시키는 대로 하는' 사람이었던 것 같다. 그래서 신발을 벗고 바닥에 앉는 사람들과 함께하는 것이 내게는 너무나 매력적인 일이었다. 이것 또한 내가 한국에 오자마자 편안함을 느꼈던 이유 중 하나일 것이다.

바닥에 앉으면 건강에 좋은 점들이 수없이 많다. 코어 근육과 엉덩이, 허리가 강해지고 결과적으로 수명이 길어진다. 난 지금도 여전히 바닥에 앉아서 TV를 보고 책을 읽는다. 다른 사람에게도 권할 만하다. 처음에는 한 번에 5분, 10분 정도만 해보라. 자기도 모르는 사이 몸이 알아서 적응해 나갈 것이다.

바닥에서 일어나는 것은 엄청난 운동이 된다. 앉은 상태에서 손과 팔을 이용하지 않고 일어서려면 코어 근육의 힘뿐 아니라 균형 감각도 필요하다.

숨겨진 가구

한국의 가정집에 들어서면 가구가 너무 적어 놀라게 될지도 모른다. 나는 전통적인 한국 가정집에 처음 갔을 때 조용히 혼자 웃었다. 가구가 모두 벽장에 숨겨져, 필요할 때만 꺼내게 돼있었기 때문이다. 이미 언급했듯 난 사람이 사는 데 대체 얼마나 많은 가구가 필요한지에 대해 오랫동안 고심했다. 친구들은 집에 가구를 좀 들이라고 채근했지만, 난 텅 빈 방이 더 좋았다. 그렇다고 해서 한국인들이 잘 만들어진 가구를 아예 안 쓴다는 뜻은 아니다. 한국의 가구에 대해 알고 싶다면, 서울에 있는 한국가구박물관에 가야 한다. 1993년 개관한 이 사설 박물관은 정미숙 관장이 수집한 2,500여 점의 가구와 가정용품을 전시하고 있다. 조선시대¹³⁹²⁻¹⁹¹⁰ 때 사용하던 골동품들이다.

이 박물관에 대해 알게 된 것은 행운이었다. 이곳은 관광 지도에도 표시되지 않은 숨겨진 보석 같은 곳이었다. 게다가 한 달 전 홈페이지에서 예약을 해야만 방문이 가능했다. 내게 이곳을 알려준 사람은 안톤 허였다. 그는 가볼 만한 가치가 있는 곳이라며 꼭 가볼 것을 권했다. 난 택시를 타고, 숲처럼 나무가 우거진 길 한가운데로 난 구불구불한 길을 따라 달려 서울 북부의 성북구라는 곳에 도착했다. 박물관은 돌담 뒤에 자리 잡고 있어, 대문 안으로 들어선 후에야 박물관 전경을 파악할 수 있었다. 가구 수집품들은 열 채의 한옥과 궁궐처럼 으리으리한 본관에 흩어져 전시되어 있었고, 이 모든 것은 조선시대 양반이 사는 마을의 모습을 보여줄 수 있도록 디자인되었다.

나는 침실, 마루, 부엌, 여자들의 생활 공간과 남자들의 공간을 천천히 거닐었다. 조선 말기인 18-19세기에 만들어진 책장, 작은 밥상, 궤 등이 있었는데 나뭇결을 따라 조각한 자개 세공품도 있었다. 책상은 바닥에 앉는 전통 생활 방식에 맞게 낮은 높이로 만들어졌고, 창문 크기와 조화를 이루도록 디자인되었다. 화려한 가리개는 새와 꽃이라는 한국 전통 모티프의 복잡한 패턴으로 장식되어 있었다.

박물관을 떠나기 전에 반드시 해야 할 일이 있다. 마당 한가운데 자리 잡은 석조 불로문을 걸어서 통과하는 일이다. '영원한 삶의 문'이라는 뜻의 이 불로문 아래를 지나면, 10년이 젊어진다고 한다. 이런 기능을 하는 문이 있다니, 완벽하지 않은가!

한국가구박물관 📍
주소: 서울 성북구 대사관로 121
홈페이지: www.kofum.com

젊은 연인들

한국 사람들은 가족 중심으로 생활한다(4장에서 더 자세히 설명할 것이다). 젊은 사람들은 대학 기숙사나 아파트로 이사를 가기보다 부모님과 한집에 사는 경우가 많다. 그러다 보니 사생활 보장이 문제가 되는데, 데이트를 할 때 특히 그렇다. 부모님이 거실에 떡하니 앉아 TV를 보고 있는데 어떻게 방 안에서 데이트 상대와 오붓한 시간을 보낼 수 있겠는가?

하지만 모든 문제에는 답이 있다! 한국에만 존재하는 '러브호텔'의 세계로 여러분을 초대한다. 이런 호텔 방은 스파, 힙합, 게임 등 테마가 있는 경우도 있고, 하룻밤이 아니라 몇 시간 단위로 대여할 수도 있다. 어떤 러브호텔은 요와 이불이 있는 한국식 방과 침대가 있는 서양식 방 중 선택할 수 있게 해준다. 대부분 방 내부는 화려하고 만화 같은 분위기인데, 거대한 유리 구두 혹은 감자튀김 상자 안에서 잠을 잘 수도 있다.

이런 러브호텔은 어디에나 있지만 특히 사람으로 붐비는 유흥가에 많다. 사생활을 철저히 보장하기 위해, 온라인 예약을 받거나 입구 키오스크에서 결제하기도 한다. 부모들은 절대 알 수 없을 것이다!

• 한국의 집에서 얻은 가르침 •

바닥에 앉는 연습을 해보라. 코어가 잡히고 강해질 것이다!

발을 해방시키자. 집에 있을 때나 다른 사람 집을 방문할 때 반드시 신발을 벗어야 한다. 바깥의 더러운 흙을 안으로 들여올 필요는 없다.

적을수록 좋다. 집 안의 잡동사니를 싹 치우면 평온이 찾아온다.

일 년 내내 창문을 열어두라. 맑은 공기를 마시면 젊어진다.

아파트에 산다면, 꽃과 식물을 이용해 자연을 집 안으로 들여라. 연구에 따르면, 식물은 공기를 정화해 주고 기분을 좋아지게 해준다.

벽에 자연을 담은 사진이나 포스터를 붙이면 방에 고요함을 더할 수 있다. 나무나 도자기같이 지속 가능한 천연 재료를 사용하려고 노력하라. 이런 지속 가능한 재료를 통해 우리는 자연과 조화를 이룰 수 있다.

간단하게라도 격식을 갖춰 차를 마셔보자. 혼자일 때도 상관없다. 특별한 주전자와 컵을 준비하라. 그리고 벌컥벌컥 마시지 말고 천천히 음미하라!

계란 간장밥
Gyeran ganjangbap

계란과 간장을 넣은 밥 요리

이 조리법은 내 친구인 손원평 작가에게 받은 것이다. 《아몬드》의 저자인 그녀는 예전에는 요리를 꽤 많이 했지만, 요즘은 좀 더 단순한 음식에 관심이 간다고 고백했다. 이 음식도 그중 하나다.

"계란 간장밥은 인기 있고 맛있으면서 만들기도 쉬운 한국 음식이에요. 특별한 재료도 필요 없고 누구나 만들 수 있죠. 그래서 집에서 자기 손으로 한국 음식을 만들어 보고 싶은 사람에게 완벽한 조리법이에요. 처음 해본다면 더욱 그렇죠!

정말 소박한 음식이에요. 밥 한 공기에 간장과 참기름으로 간을 하고 한쪽만 익힌 계란 반숙이나 계란 스크램블을 올리면 되거든요. 하지만 이런 소박함 때문에 제게는 더욱 각별한 음식이랍니다."

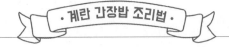

· 계란 간장밥 조리법 ·

재료

(1인분)

쌀 200g
간장 2작은술
참기름 1작은술
계란 2개

01. 쌀 200g을 포장지 설명에 따라 익혀 밥을 준비한다. 밥을 공기
    에 덜고 간장과 참깨를 넣은 뒤 밥 알갱이에 골고루 묻을 수 있
    도록 비벼준다(매운 음식을 특별히 좋아한다면, 고추장 1작은술
    을 더해도 좋다).

02. 이제 자신이 가장 좋아하는 방식으로 계란을 요리한다. 계란 프
    라이, 반숙, 스크램블, 혹은 다른 어떤 방식도 상관없다.

03. 조리된 계란을 밥 위에 올린다. 익힌 채소를 조금 더해주면 이
    요리는 바로 '비빔밥'이 될 수도 있다. 계란 간장밥은 일종의 미
    니 비빔밥인 셈이다.

비무장지대

04
가족 Gajok

분단국가

자식과 반세기가 넘도록 헤어져 살아야 하는 상황을 상상할 수 있는가? 혹은 엄마나 아빠, 형제자매, 조부모나 가장 친한 친구와 하루아침에 생이별을 한 뒤 다시는 만나지 못한다면?

이것은 남한과 북한의 경계인 비무장지대, 즉 DMZ에서 벌어졌고, 지금도 여전히 진행 중인 일이다. DMZ는 한국 전쟁의 비극과 현재까지도 지속되는 양측의 마찰을 상기시키는 곳이다.

간단하게나마 짚고 넘어가야 할 중요한 역사적 사건이 있다. 1392년부터 1910년까지 한국은 조선 왕조의 통치를 받는 하나의 나라였지만, 1910년 일본에 강제 병합되었다. 2차 세계 대전이 끝나면서 일본이 항복을 하고 물러났지만, 한국은 연합군에 의해 분단되었다. 소비에트 연방이 북쪽, 미국이 남쪽을 차지했는데 이 두 강대국의 상반된 이데올로기는 남과 북이 서로에게 적대감을 가지는 이유가 되었다. 남북 사이 긴장감은 점점 높아졌고 결국 한국 전쟁(1950-1953)이 발발했지만 전쟁은 교착 상태에 빠졌다.

1953년 전쟁을 끝내는 휴전협정에 따라 DMZ가 설치되었다. 길이 257km, 폭 4km의 이 경계 지역에는 높은 철조망 담이 세워지고 무장한 군인이 지키는 감시초소가 들어섰다. 그 후 이곳에서는 사건이 발생하기도 하고 양측의 소규모 충돌이 벌어지기도 했는데, 그중에는 꽤 심각한 것도 있었다.

극단적으로 대비되는 남과 북이라는 두 세계가 물리적으로 이렇게 가깝다는 사실은 믿기지 않을 정도로 놀랍다. 서울에서는 누구나 세상을 놀라게 한 K-팝 그룹 BTS의 노래를 듣고, 청바지를 입고 인터넷을 쓰는데, 그 서울의 중심에서 겨우 48km 정도 떨어진 곳에 DMZ가 있고, 이 경계를 넘어가면 이들의 동포 수백만 명이 그들의 전체주의 지도자의 압제에 시달리며 굶주리고 있다. 자유와 구속의 냉혹한 차이가 손에 잡힐 듯 뚜렷해진다. 허공에도, 풍경 속에도 펄떡이며 살아있다.

한국을 진정으로 이해하기 위해서는 반드시 DMZ를 봐야 한다. 한국 전쟁과 남북 분단의 트라우마와 고통이 여전히 모든 가정과 영화, TV 그리고 문학 속에 생생히 살아 숨 쉬고 있기 때문이다. 손원평 작가는《아몬드》의 주인공이 한국 전쟁 발발 후 어머니를 안고서 북에서 남으로 걸어 내려온 자신의 할머니를 모델로 삼고 있다고 밝힌 바 있다.

분단의 현실은 매우 복잡하고 고통스러워서 오늘날 많은 한국인들은 이 문제에 대해 이야기하는 것이 너무 "어렵다"고 말한다. 남한의 젊은 세대는 북에 대한 애착이 거의 없고, 통일된 한국이라는 꿈은 점점 멀어지고 있다. 서로 헤어져야만 했던 가족들의 오랜 절망과 고통은 투지와 인내의 철학인 한국의 '한'을 보여주는 잔인한 예다.

남한의 형제자매, 어머니와 아버지, 아들과 딸들은 전쟁으로 헤어진 가족들에게 사랑의 메시지를 전하기 위해, 70년 가까이 희망과 평화의 징표와 현수막을 자유의 다리(포로 교환을 위해 남과 북을 연결했으나 현재는 폐쇄되었다) 철조망에 걸고 있다.

다크투어

DMZ를 방문하기 위해서는 공인된 여행사를 따라가야 하고, 여권과 신분을 확인할 수 있는 서류를 가져가야 한다.

10년 전 어느 추운 1월의 아침에 난 처음으로 DMZ를 방문했다. 사람은 나와 일본인 관광객 넷이 다였다. 우리는 서울에서 버스를 타고 이동해 남북 분단선 근처에서 군용 버스로 갈아탔다. 버스에 오르자마자 엄중한 교육과 방문 중 지켜야 할 수칙 전달이 진행되었다. 카메라는 절대 안 된다. 혹시라도 북한 군인을 찍다가 들키면 그 자리에서 총살당할 수도 있다. 북한을 향해 손이나 팔 동작을 해 보이는 것도 조심해야 한다. 북한이 코앞인 곳이기 때문에 누구든 북한을 향해 이상한 동작을 했다가는 북한 국인이 총을 쏠 수도 있다. 실제 벌어진 적도 있는 일이다.

우리는 1976년 미국 장교 두 명이 피살된 사건에 대해서도 들었다. DMZ에서는 어떤 일이 벌어질지 모른다는 경고가 담긴 이야기였다. 남북 평화 회담 후 기념으로 소나무 한 그루를 심었다. 그런데 며칠 후 미국 장교 두 명이 사무실 창을 가리는 가지들을 잘라내기 시작했고, 그때 갑자기 나타난 북한 군인 두 명이 이들을 도끼로 살해했다. 또 다른 전쟁이 시작될 수도 있는 엄청난 사건이었지만, 다행히 최악의 상황은 피했다. 어쨌든 DMZ가 무슨 일이든 일어날 수 있는 위험한 곳이라는 사실은 명확했다.

목적지에 가까워지자 곳곳에 대형을 이룬 군인들이 보였다. 총과 탱크도 있었다. 난 지금껏 전쟁이 진행 중인 지역에 한 번도 가본 적이 없었기에, 그 광경만으로도 큰 충격을 받았다.

난 두려웠지만 한편으로는 모험심을 느끼며 대담하게 버스에서 내려 공동경비구역JSA으로 향했다. 공동경비구역은 북한 땅을 자유롭게 밟을 수 있는 유일한 장소인데, 판문점이라 불리는 마을의 건물 단지 중 하나인 작은 회의실을 통해 북한으로 넘어갈 수 있다. 이곳 단지에는 밝은 파란색 칠이 된 여러 개의 건물이 있는데, 마치 부루마불 게임의 건물들 같았다.

평화 협정이 이루어진 중앙 본회의실 건물은 대중에게 개방되어 있다. 안으로 들어가자 나무 테이블의 한쪽 끝에는 남한 군인이, 다른 한쪽 끝에는 북한 군인이 보초를 서고 있었다. 테이블 중앙에 군사분계선이 지나기 때문에, 북측 테이블 주변을 걷는다면 원칙적으로 북한으로 넘어간 셈이다.

북한 군인은 서있는 자세가 어찌나 뻣뻣한지, 〈오징어 게임〉에서 기관총을 쏘아대던 거대한 인형이 생각날 지경이었다. 난 할리우드 영화 속에 들어온 기분이 들었고, 회의실은 잘 지어진 세트장 같았다.

마음이 무거워지는 투어였다. 난 임진강 위에 놓인 자유의 다리를 향해 걸음을 옮겼다. 남과 북을 연결하는 이 다리의 철조망 담에는 수많은 현수막과 편지, 기념품과 선물들이 꽂혀있었다. 난 편지를 읽고 누렇게 바랜 사진을 하나하나 살펴보았다. 남한 사람들이 북한에 사는 가족을 위해 기도하며 남겨둔 것이었다. 가족, 친구와 이별한 많은 사람들의 고통이 고스란히 느껴졌다.

몇 년 후, 난 영광스럽게도 《고발》이라는 책의 판권 판매를 대행하게 되었다. 반디라는 예명의 북한 작가가 쓴 책인데 여러 역경을 헤치고 어렵사리 북한에서 밀반출되었다.

이 소설집 속 이야기들은 북한 가정의 일상을 묘사한다. 전체주의 체제하에서 고통받는 이들의 모습은 보는 것만으로도 가슴이 미어진다. 《고발》은 15개 이상의 나라에서 출간되었는데, 나는 이들 외국 출판사를 DMZ에 초대해 책을 발췌해 읽고 경계선 너머로 희망의 메시지를 보내는 게 반디 작가와 그의 작품을 기리는 최선의 방법이라 생각했다.

어느 아름다운 가을날, 나의 꿈은 현실이 되었다. 15개 나라의 출판사 사람들과 나는 자유의 다리에 모여 스웨덴어, 네덜란드어, 핀란드어, 이탈리아어, 영어, 스페인어, 프랑스어, 러시아어, 덴마크어, 한국어, 카탈로니아어, 노르웨이어, 슬로베니아어, 페르시아어, 독일어, 체코어, 중국어, 인도네시아어, 포르투갈어, 루마니아어, 헝가리어 그리고 폴란드어로 책의 일부를 읽었다. 우리는 서로를 붙들고 울었다. 우리의 목소리는 자유를 위해 노래하는 오페라 합창곡처럼 울려 퍼졌다.

1985년부터 약 4만 4,000가족이 가족 상봉 프로그램 덕분에 서로를 만났다. 프로그램 참여 가족은 추첨으로 선정되었는데, 그들은 수십억짜리 로또에 당첨된 기분이었을 것이다. 이 행사가 마지막으로 열린 것은 2018년이었다. 당시 남한 사람 89명과 북한 사람 83명이 사흘에 걸쳐 헤어진 가족을 만나고 선물과 사진을 교환했다. 다시는 살아서 만나지 못할 것을 알기에 모든 순간 눈물이 함께했다.

디즈니랜드 같은 DMZ

DMZ는 매년 120만 방문객을 맞이하는 인기 관광지로 놀이기구, 게임기, 식당, 가게 등을 갖추고 있다. 자유의 다리와 더불어, 통일을 기원하며 만들어진 도라산 평화공원, 망원경으로 북한을 볼 수 있는 도라 전망대에도 가볼 수 있다. 평화 곤돌라를 타고 임진강을 따라 분계선 부근을 조망할 수도 있고, 북한이 남한을 염탐하기 위해 파놓은 땅굴 속을 걸어볼 수도 있다. 이 땅굴은 탈북자 한 명이 그 존재를 보고하면서 1970년대에 이르러서야 발견되었는데, 판문점의 공동경비구역에서 2km밖에 떨어지지 않은 곳이다.

나는 안전모를 눌러쓰고 가파른 경사지를 따라 땅속 47m 깊이의 땅굴 속으로 걸어 들어갔다. 올라오는 길은 내려갈 때보다 훨씬 더 힘들었다! 땅굴은 탱크와 군용차가 다닐 수 있을 정도로 폭이 넓었다. 가장 깊은 곳까지 내려가자 적이 침략해 오는 모습이 눈앞에 선하게 그려졌다. 공기는 차가웠고 마음속에서는 때때로 찾아오는 폐소공포증과 함께 불안감이 자라났다. 땅굴은 영원히 끝나지 않을 것처럼 이어졌다. 하지만 당연히 끝은 있었다. 북한에서 시멘트로 막아놓은 부분에 도착한 것이다. 나는 바위처럼 단단한 벽에 손을 올려놓았다. 겨우 몇 미터 앞이 북한이라는 사실이 불안감을 더욱 자극했다.

그때 생각지 못한 것이 눈에 띄었다. 작은 식수대였다. 방문객들에게 물을 마셔보라는 표지판도 붙어있었다. '고향을 그리워하는 물'이라는 의미에서 '망향수'라는 이름이 붙은 이 식수대는 분단된 조국의 모습을 보러 온 사람들의 비통함을 달래주기 위한 것이라고 한다. 물은 지하 샘에서 올라오는 것이라 전혀 오염되지 않았다. 난 물을 마셨다. 지금도 그 맛이 기억난다. 너무나 차갑고 깨끗했다.

사실 DMZ를 관광지로 활용한다는 게 처음에는 좀 이상하게 느껴졌다. 하지만 군용 버스를 타고 서울로 돌아올 때는 오히려 DMZ의 가능성에 대해 생각하게 되었다. 언젠가 이 땅에 평화가 찾아오거나 통일이 된다면, 오랫동안 사람의 손이 닿지 않은 이 땅의 모습이 세상에 공개될 것이다. 수십 년간 방치되었던 이곳의 동식물상 덕에 이곳은 역설적이게도 에덴동산이 되었다(5장 참고).

지금은 나도 DMZ를 방문하는 것이 한국 전쟁에 대해 배우고 현 상황의 비극성에 대해 진지하게 생각해 볼 수 있는 중요한 기회를 제공한다고 생각한다. DMZ를 상업화하는 것이 양측의 적대감을 줄여, 결국 평화협정을 맺고 한국 전쟁에 마침표를 찍을 수도 있지 않을까? 일단 그 초석이 될 수는 있을 것이다. 적어도 난 아주 긍정적인 신호라고 생각한다.

가족의 가치

한국인들에게 가장 중요한 것은 가족이다. 그런데 한국인이 생각하는 가족은 친척뿐 아니라 한민족 전체를 포함하는 대가족이다. 이러한 믿음은 유교^{기원전 6세기}의 가르침에 뿌리를 두고 있다. 유교에서는 좁은 의미에서의 가족이 강하고 행복하면 나라 전체도 그렇게 된다고 가르쳤다. 따라서 가족의 화합은 세상 무엇보다 중요했고, 그 믿음은 지금까지 이어지고 있다.

유교적 전통에 따르면 한 가족의 아버지는 그 집의 책임자로 모든 일에 대한 결정권을 가지고, 어른을 공경하는 태도는 무엇보다 중요했다. 남자와 여자는 각자의 역할이 있었는데, 어머니는 아이와 집안을 돌보고 아버지는 논밭으로 나가 일을 해야 했다. 아들은 결혼 후에도 가족과 함께 살지만, 딸은 시댁 식구가 사는 집으로 들어간다(이런 풍습은 과거에도 분명 많은 갈등을 유발했을 것이다!). 제일 나이가 많은 아들은 나이 든 부모를 돌보아야 할 책임이 있었고, 부모가 돌아가신 후에는 격식에 맞게 애도 기간을 보내야 했다. 그 대신 그는 가족의 부를 상속받고 가족의 새로운 지도자가 된다.

21세기 가족

서양 문화권에서 그토록 소중히 여기는 단호한 개인주의는 21세기 한국인의 삶에서는 찾아볼 수 없다. 대신 한국 가족들은 유교적 가르침에 따라 여전히 가족 간 상호의존, 의무, 어른 공경 등의 가치를 현대 삶에 맞게 적용하며 살아가고 있다.

지금도 한국인들은 조상과 어르신을 귀하게 대하고, 나이 많은 사람 혹은 자신의 조부모를 홀대하는 것은 수치스러운 행동이라 여긴다. 가족, 손님들과 함께 식사를 할 때는 조부모님이나 가장 나이가 많은 사람이 먼저 식사를 시작하고, 돌아가신 조상들에게도 '제사'라고 불리는 의식을 통해 이와 동일한 공경심을 표시한다. 제사는 돌아가신 날이나 음력설과 같은 큰 명절에 지낸다. 조상을 기리기 위해 사람들은 잔치 음식을 준비하고, 향을 켜고, 기도를 올린다.

이상한 일이지만 바쁜 현대 사람들 사이에서는 새로운 풍습이 생겼다. 스님에게 일정 금액을 지불하고, 자신 대신 조상을 위한 제사상을 차리고 기도해 줄 것을 요청하는 가족들이 생긴 것이다(한국을 비롯한 아시아

국가에서 직업적 상제는 드물지 않다).

오늘날 대부분의 한국인이 현대화된 도시에 살지만, 상황이 허락하는 경우 여전히 부모가 결혼한 자식과 손주와 함께 산다(미국이라면 시트콤에나 나올 법한 상황이다. 실제로 한국의 수많은 드라마가 이런 상황을 주제로 다룬다). 나이가 많은 부모는 주로 여자들이 돌보고, 부모나 조부모를 양로원에 보내는 일은 거의 없다.

한국 가정에서 어른, 아이 할 것 없이 가장 중요하게 생각하는 것은 교육이다. 나는 한국이 지난 수십 년간 그토록 빠르게 발전한 이유가 바로 자식 교육이라고 생각한다. 한국인들은 책, 시, 토의와 토론에 큰 가치를 부여한다.

예전에는 중매결혼이 일반적이었지만, 이제는 연애결혼이 점점 늘고 있다. 물론 가족들의 의견은 여전히 중요하다. 한국에서는 결혼이 두 사람만의 결합이 아니라 두 가족의 결합이므로 비슷한 가치관을 가진 상대가 최선이라고 말한다.

하지만 젊은 한국인들은 시간을 들여 상대를 알아가고자 한다. 제일 먼저 친구가 되어가는 시기가 있다. 서로에 대해 알아가는 이 기간을 거치고 나면 그제야 두 사람은 공식적으로 관계를 시작한다. 이것은 꽤 현명한 방식인 것 같다. 인터넷과 소셜미디어에 이끌려 빠르게 돌아가는 요즘 세상에서, 사람들은 트위터나 블로그만 봐도 상대를 알 수 있다고 믿는다. 하지만 실은 그렇지 않다.

서양에서는 커플들이 일 년에 한 번 기념일을 챙긴다. 한국에서는 100

일 단위로 기념일이 있다. 100이라는 숫자는 한국 문화에서 매우 중요하다. 행복과 성취를 의미하기 때문이다. 그래서 데이트를 시작한 지 100일째 되는 날 커플들은 첫 번째 기념일을 맞이하고 반지를 교환한다.

결혼 후 남편과 아내는 이전 어떤 세대보다 결정 과정에 평등하게 관여한다. 남자가 가족을 이끈다는 생각은 더 이상 설 곳이 없다. 한국에 부족한 것이 있다면 바로 유치원과 어린이집이다. 그 수가 충분치 않다 보니 조부모들이 손주를 돌본다.

내가 한국에 대해 새롭게 알게 된 사실 중 하나는 많은 젊은이들이 결혼 전까지 부모와 함께 산다는 것이다. 그들은 적어도 25살까지는 부모집에서 떠나지 않는다. 서양과는 너무나 다른 점이다. 서양에서 자식들은 18살이 되면 기숙사로 떠나거나 자신만의 공간을 얻어 독립한다. 한국 부모들은 자식의 삶과 미래에 매우 깊이 관여하고, 자식들은 부모를 기쁘게 하고 자랑스러운 자식이 되기 위해 노력한다.

한국인의 삶에 대해 알아가며 흥미로웠던 점은 그들이 가족과 집을 같은 의미로 사용한다는 점이었다. 자식들은 나이가 들어 결혼 혹은 일 때문에 둥지를 떠난 후에도 자신이 나고 자란 곳을 여전히 자기 '집'으로 여긴다. 한 가족의 집은 장남에게 상속되기 때문에 늘 그 가족의 소유로 남는다(과거 영국의 장자상속법과 비슷한 개념이다). 따라서 자식과 손주, 친척들은 언제나 그곳을 자신의 집이라고 부른다.

최근 취직을 위해 이력서를 써본 경험이 있는가? 이력서에 들어가야 하는 가장 중요한 정보는 직업 관련 경험과 지난 직장에서의 업무 성과

다. 하지만 한국에서 이력서를 쓸 때는 가족에 대한 정보가 가장 중요하다. 대학 입학신청서든 취업 지원서든 첫 번째 질문은 바로 "부모님은 누구신가? 부모님 직업은? 본가는 어디인가?"와 같은 것이다.

가족에 대한 질문이 우선이라는 의미다. 이런 방식에는 당연히 논란의 여지가 있다. 예를 들어 고아의 경우 가족 배경이 없기 때문에 공정한 기회를 제공받지 못할 수 있다.

우리는 하나

한국인들은 특이하게도 민족 전체를 하나의 거대한 가족으로 생각한다. 어쩌면 수백 년 동안 중국과 일본의 침략을 받고 그들에게 지배당하며 전쟁 통에 재산과 일가친척을 잃는 고통을 겪다 보니, 아이 하나하나가 소중하고 친구와 이웃을 가족처럼 귀하게 여기게 되었는지도 모른다. 그들은 생존을 위해 서로에게 의지해야 했을 것이다. 이러한 '한 가족 국가' 철학 덕분에 한국은 오늘날 문화적, 경제적으로 번영할 수 있었다.

• '정'에 대한 가르침: 금빛 애국심 •

1997년, 아시아 금융 위기가 한국에도 들이닥쳤다. 한국은 파산할 지경에 이르렀고, 국제통화기금은 580억 달러의 구제금융을 지원했다(긴축 조치, 금융 개혁 등 조건이 동반되었다).

1998년, 한국 정부는 이 돈을 갚기 위해 국민들에게 금을 (시가보다 싸게) 팔거나 기부해 달라고 요청했다. 그들은 이것을 '나라 사랑 금 모으기 운동'이라 불렀다.

금은 한국 문화에서 매우 중요하다. 생일, 결혼식, 은퇴 등 인생의 중요한 순간에 한국인들은 금을 선물한다. 하지만 정부의 요청이 있자 곧 350만 국민이 국가를 위해 금을 팔거나 기부했다. 운동선수는 메달을 기부했고, 가족들은 결혼반지를 내놓았으며, 기업은 '행운'의 금 열쇠를 가져왔다. 전 서울대교구장이었던 김수환 추기경은 금 십자가를 기부하기도 했다.

이렇게 한국인들은 총 22억 달러어치 금을 모았다. 정부는 이 금을 모두 녹여 금괴로 만들었고, 빚을 갚는 데 사용했다. 한국인들은 하나의 큰 가족으로서 경제를 살리기 위해 함께 노력했고, 국가의 미래를 위해 가진 것을 내어놓는 희생을 감수했다.

가족의 유대

한국인의 가족중심주의는 매우 복잡한 문제가 될 수도 있다. 전통적 가족 구조 안에서 태어나지 않은 사람에게는 고통을 줄 수도 있기 때문이다. 유교는 조상으로부터 이어져 온 혈통을 중요하게 생각하기 때문에 한국인들은 입양을 거의 하지 않는다. 이러한 분위기 때문에 비밀리에 입양을 한 한국인 부부에 대해 들어본 적도 있다.

한국 전쟁 이후, 많은 고아와 부모에게 버림받은 아기들이 미국과 유럽 가정에 입양되었다. 하지만 2011년 한국은 해외 입양을 감소시키고 국내 입양을 권장하는 방향으로 법을 바꾸어, 한국인 아이들이 이 공동체 안에 머물 수 있도록 했다.

한국은 부유한 국가임에도 불구하고 자국의 아기들을 해외로 수출한다는 오명에서 벗어나고 싶었지만, 입양에 대한 인식은 바뀌지 않은 상태로 해외 입양 길을 막다 보니 고아원은 빈자리 없이 가득 찼다. 한국 부모들이 원하지 않는 한국인 아기들이 넘쳐나게 된 것이다. 지금은 입양을 독려하는 분위기도 조성되었고, 혼자 아이를 키우는 미혼모에게 향하는 따가운 시선도 줄어들고 있다.

한국 사회의 또 다른 복잡한 문제는 성적 지향이다. LGBTQ 공동체를 대하는 한국의 태도는 다른 나라들에 비해 크게 뒤져있고, 여전히 매우 보수적이다. 나는 실제로 무슨 짓을 해서라도 부모와 사회로부터 자신의 성적 지향을 숨기려 하는 젊은이와 아이들을 보았다. 난 이것이 부모들의 바람 때문에 벌어진 일이 아닌가 생각한다. 예전에는 전통적인 가족 형태를 구성해야 살아남을 수 있었기 때문에, 부모들은 자식도 자신과 같은 길을 걷기를 원할 수도 있다. 그러는 사이 어떤 이들은 가족들에게 버림받고 혼자가 되어 인생을 망칠까 두려워 자신을 숨기며 살아가고 있다.

한국에는 동성혼이 존재하지 않는다. 동성애자도 군대에는 갈 수 있지만 심한 차별과 괴롭힘을 당한다는 연구 결과가 있다(트랜스젠더는 군대에 갈 수 없다). 2022년 4월까지 한국 사법부는 동성애 행위를 한 군인에 대해 유죄 판결을 유지했다. 하지만 최근 대법원은 영외에서 이루어진 두 군인 사이의 동성애 행위는 처벌할 수 없다고 판결했다. 한국의 동성애자 인권 수준이 한 단계 높아지는 순간이었다.

한국의 법은 동성 결혼을 인정하지 않지만, 내 한국인 친구 중에는 결혼한 게이 커플이 있고 이들을 지지하는 사람들도 늘어나고 있다. 커밍아웃을 하는 게이와 레즈비언도 늘고 있지만, 대부분 가족과 직장 동료들에게는 여전히 비밀을 유지한다. 젊은 세대는 비교적 포용력이 큰 편인데도 불구하고 말이다. 2022년에 또 다른 큰 진전이 있었다. 한 성소수자 후보가 LGBTQ의 존재를 세상에 더 널리 알리고 정책 입안에 참여하기 위해 지방선거에 출마한 것이다.

역설적이게도 한국의 이성애자들은 남들 앞에서도 거리낌 없이 동성 친구와 손을 잡고 서로에 대한 애정을 표현한다. 신경숙 작가도 나와 함께 여행을 하거나 서울에서 산책을 할 때 언제나 내 손을 잡거나 팔짱을 낀다. 이것은 내가 아는 한 한국에만 있는 아름다운 전통이다.

서울, 부산, 대구 등의 도시에는 게이바나 게이클럽이 모여있는 동네가 있지만, 이들은 세상의 이목을 끌지 않으려고 몸을 웅크리고 있으니 혹시 가보고 싶다면 한국인 친구에게 물어보라. 퀴어문화축제도 있고, 동성애자만 고객으로 하는 여행사도 여러 곳 있다. 한국의 동성애 문화를 맛보고 싶다면 이런 여행사를 통하는 것이 좋다(자신의 성적 취향을 드러내는 게이와 레즈비언은 한국 여행 중 사람들로부터 충격적이거나 어쩌면 적대적인 대우를 받을 수도 있다는 점을 알아야 한다).

문학계에서는 기쁘게도 LGBTQ 작품과 작가들이 큰 사랑을 받고 있다. 박상영 작가의 《대도시의 사랑법》(역자 안톤 허)은 서울에서 행복을 찾으려 하는 젊은 게이 남자의 이야기인데 명실상부한 국제적 베스트셀러가 되었다. 동성 연인에게 버림받은 후 삶이 무너져 버린 한 젊은 여자의 이야기를 다룬 신경숙 작가의 《바이올렛》은 미국과 영국의 비평가들에게 최고의 찬사를 받고 한국에서 재출간되었다.

한국은 동성애자의 인권이나 이들에 대한 수용 문제에 있어서 아직 갈 길이 멀지만, 문학이 앞장서서 그 길을 안내하고 있다.

• 가족에 대한 가르침 •

가족과의 관계를 소중히 하라(시부모나 장인, 장모와의 관계까지도!). 가족은 우리의 토대고 안전이다. 가족은 생물학적 가족뿐 아니라 우리가 친구들과 새롭게 이룬 관계도 포함한다. 깊은 관계가 우리를 더 강하고 성공적인 사람으로 만들어 준다.

윗사람을 공경하고 잘 봉양하라. 그들을 돌보는 것이 우리의 의무라는 점을 이해해야 한다. 나이 많은 친구를 사귀어 보자! 다양한 연령대의 친구를 만나면 더 균형 잡히고 이해심이 많고 현명하고 행복한 사람이 될 것이다.

한 나라 국민은 거대한 가족과 마찬가지다. 함께 성공할 때 진정한 성공을 이룰 수 있다. 몸에 밴 익숙한 태도를 버리고, 다른 사람을 돕거나 새로운 사람을 만나보자.

핸드폰을 내려놓고 TV를 끄고, 친구나 이웃을 초대해 식사를 함께하라.

좋은 친구를 원하면, 먼저 좋은 친구가 돼주어라. 한국인들의 희생과 헌신을 본받아 우리의 일상적 관계에 적용해 보자. 자기밖에 모르는 고립된 인간이 되어서는 안된다.

　이것은 사명감을 가지고 자신의 임무를 수행 중인 하미현 씨가 녹음한 '입말 조리법' 이다. 부산 출신인 하미현 씨는 문경의 어느 절에서 오랜 시간 머물면서 사찰 음식의 맛과 건강에 끼치는 좋은 영향에 매료되었다. 그녀는 그 조리법이 스님과 농부, 마을 사람들 사이에서 입에서 입으로 전해졌을 뿐 단 한 번도 기록된 적이 없다는 사실을 발견했다.

　그녀는 절을 떠나면서 이 지역의 '입말 조리법'을 수집해, 이 음식들이 한국 요리계에서 자신의 자리를 찾을 수 있게 해야겠다 다짐했다. 그녀는 입말음식이라는 회사를 설립해 독특한 지역 음식들을 보존하고 알리는 데 헌신했다. 지금까지 그녀는 70개가 넘는 지역에서 현장 조사를 하고, 400개 이상의 조리법을 기록했으며, 이것을 책으로 엮어 출판했다. 하 대표는 자신이 하는 일을 '입에서 입으로 음식을 전하는 일'이라고 설명하는데, 나는 이보다 더 적절한 표현이 있을까 싶다.

·우뭇국 조리법·

재료

(1인분)

말린 홍조류
(우뭇가사리) 150g

국물

보릿가루 1큰술
(보릿가루를 구할 수
없는 경우, 국물 대신
아몬드밀크나
오트밀크 150ml를
사용하라.)
간장 1/2큰술
차가운 물 150ml

토핑

부추 10g, 썰어놓기
식초 1작은술
수수설탕 (또는 황설탕)

01. 큰 냄비에 물을 받아 말린 우뭇가사리를 넣고 한 시간 끓인다.

02. 체나 소쿠리를 큰 그릇 위에 올리고, 우뭇가사리와 물이 든 냄비를 조심스럽게 그 위에 붓는다. 물만 사용하고 우뭇가사리는 버리면 된다.

03. 우뭇가사리 끓인 물을 한 시간 이상 상온에서 식혀 젤리처럼 덩어리지게 한다.

04. 젤리 덩어리를 국수 모양으로 길게 자른다.

05. 그릇에 물 150ml를 붓고 보릿가루와 간장을 넣어 섞는다. 이것을 국물로 사용한다(아몬드밀크나 오트밀크로 대체할 수 있다).

06. 국수 모양 젤리를 국물 안에 펼쳐 넣고, 잘게 썬 부추를 토핑으로 올린다.

07. 식초, 설탕 등 원하는 조미료로 양념을 한다.

설악산 국립공원

원주 뮤지엄 산

셋이 떠나는 여행

나는 운 좋게도 나만큼이나 모험심 강한 한국인 친구들이 있다. 신경숙 작가와 에이전트인 조셉 리 그리고 나는 여행에 대해서라면 삼총사처럼 죽이 척척 맞았다. 두 사람 덕분에 난 수없이 많은 놀라운 장소에 가보았고, 새로운 곳에 가보자는 내 제안은 거절당하는 법이 없었다. 뮤지엄 산 ('산'은 글자 그대로 산을 의미하기도 하지만 공간 Space, 예술 Art, 자연 Nature 의 앞 글자를 따온 약어이기도 하다)에 대해 처음 들었을 때 난 당연히 삼총사 친구들에게 전화를 걸어 꼭 가야 할 곳이 생겼다고 말했다. 자연과 하나가 된 박물관이 서울 남동쪽 원주의 산속에 있고, 차로 두 시간밖에 안 걸린다는데 당연히 가봐야 하지 않겠는가! 그렇게 우리 세 사람의 여행이 또

한 번 시작되었다.

겨울이라 산은 눈 덮인 꼭대기 외에는 온통 갈색이었고, 하늘은 늘 그렇듯 한국의 파란색이었다. 난 그 밝은 천연색의 하늘을 그렇게 불렀다. 무슨 이야기를 해도 재미있는 멋진 친구들과 몇 시간씩 한 차를 타고 가는 건 그 자체로 최고의 여행이다. 목적지에 도착하자, 원주 오크밸리 내 산꼭대기에 자리 잡은 엄청난 건축물이 눈에 들어왔다. 유리와 콘크리트로 만들어진 것이었다.

일본의 유명 건축가 안도 다다오가 설계한 그 건물은 군더더기 없이 황량한 모습으로 주변 풍경과 조화를 이루고 있었다.

"난 하늘 정원 박물관을 만들고 싶었어요. 아무도 본 적 없는 꿈같은 곳 말이에요."

안도 다다오는 이렇게 말했다. 이런 생각, 즉 자연을 찬양하고 받아들이고 자연에 대해 명상하고 마침내 자연과 하나가 되는 것이 바로 뮤지엄 산의 핵심이다. 이곳의 모토인 '소통을 위한 단절'은 이런 정신을 표현하는 가장 적절한 말이다.

본관을 둘러싼 워터가든에 주변 풍경과 화단이 비쳐 어른거린다. 여름이 되어 모든 식물에 생기가 가득해지면 얼마나 화려한 모습이 될지 눈앞에 그려졌다.

통로를 천천히 걸어 스톤가든에 들어서자, 작은 새들이 짹짹거리는 소리와 부드러운 불교 성가가 들려왔다. 스톤가든에는 아홉 개의 돌무더기가 있는데 신라시대^{기원전 57년-기원후 935년} 왕릉에서 영감을 얻었다고 한다. 부드러운 파도처럼 넘실대는 곡선을 보니 마야 린의 조각품이 떠올랐다. 돌무더기 위에는 하얀 눈이 먼지처럼 얇게 쌓여있었다. 우리 세 사람은 그 위에 손바닥을 올려 손도장을 찍었다.

뮤지엄 산의 하이라이트는 빛과 공간을 주제로 한 제임스 터렐 상설관이었다. 세상을 떠난 개념 예술가 크리스토(건물과 섬을 천으로 포장했다)처럼, 제임스 터렐도 자연을 변형시켜 지금껏 누구도 생각하지 못했던 방식으로 그것을 보게 한다. 터렐은 뮤지엄 산에 모양과 크기가 각기 다른 여러 개의 방을 만들었다. 빛과 색이 끊임없이 달라지며 예상치 못한 변화의 경험을 제공하는 공간이었다. 이동하고 튀어 오르는 빛 속에서 우리는 계단을 오르는 것 같기도 하고 가로막힌 벽을 향해 걷는 것 같기도 한 느낌을 받는다. 하지만 그 끝에서 실제 우리 앞에 등장하는 것은 계곡 전체를 조망할 수 있는 야외 테라스다!

당시에는 명상관이 아직 완성되지 않았기 때문에, 다음 방문에 반드시 가볼 생각이다. 평온과 고요의 공간으로 지어진 그곳에서 방문객들은 명상을 통해 진정한 소통을 위한 단절을 경험할 수 있다.

뮤지엄 산
주소: 강원도 원주시 지정면 오크밸리2길 260
홈페이지: www.museumsan.org

완벽한 조화

서울시립미술관에 방문했을 때 난 오래된 달항아리 도자기에 마음을 빼앗겼다. 달항아리는 씨앗에서 막 싹이 튼 것처럼 너무나 자연스러웠다. 그런데 완벽한 구체인 이 부드럽고 둥근 항아리 입구에 작은 흠집이 보였다. 실수일까?

"불완전함이 완전함을 만들죠. 일부러 이렇게 만든 겁니다."

한국인 친구가 설명했다. 한국에서는 자연스러운 아름다움이 최상위 아름다움이다. 폭풍에 담긴 '한'부터 벚꽃 피는 계절의 '흥'까지 한국 사람들은 모든 형태의 자연을 소중하게 여긴다. 어디를 가든 한국인들의 자연 숭상을 보고 느낄 수 있다.

한국의 땅은 대부분이 산이다 보니 많은 국민들이 등산을 취미로 즐긴다. 이들은 산속을 걸으며 기쁨, 즉 '흥'을 발견한다. 일본은 분재로 자연을 억제하고 중국은 높은 담으로 자연을 에워싸려 하지만, 한국은 자연과 조화를 이루어 살아야 한다는 철학을 가지고 있다. 한국의 정원은 예외 없이 자연의 아름다움에 집중한다. 자연에서 벗어나는 것은 곧 자연을 손상시키는 것이다. 정원이 주변 환경, 물, 나무 그리고 돌과 하나 되는 것이 한국 정원의 기본 원칙이다.

도시락을 싸서 여행을 떠나자

한국인들은 산에 가는 것을 좋아한다. 한국에 방문한 외국인들은 그들이 이 취미 생활에 얼마나 진지한지를 보고 놀란다. 반바지나 운동화 차림은 안 된다. 한국인의 3분의 2가 등산화를 가지고 있다. 그들은 또한 산에 가든 가지 않든, 등산복을 즐겨 입는다. 한국인들과 함께 산에 가면, 가는 길에 무엇인가 먹게 될 것이다. 간단한 과일이나 견과류를 말하는 게 아니다. 등산객들은 제대로 된 식사를 준비해 가고, 마실 것으로 막걸리까지 곁들인다. 한국식이 늘 그렇듯, 음식은 모두 나눠 먹는다.

한국인들은 그들을 둘러싼 산과 숲과 언제나 특별한 관계를 맺었다. 옛날 사람들은 산에 그 산 고유의 정령과 '기'라고 부르는 생명력이 존재하고, 산에 들어가면 자신의 '기'가 보강된다고 믿었다(현대 과학에 의해 증명된 사실이다).

1960년대 한국이 현대화되기 시작하고 많은 이들이 시골에서 도시로 이동하자, 정부는 직장 내 동료 의식을 강화하기 위한 활동으로 등산을 장려했다. 이후 시간이 흐르면서 등산은 한국 국민이 가장 좋아하는 스포츠가 된 것이다.

내 동료 에이전트인 수는 어릴 적 가족들과 함께 산에 자주 갔다고 한다. 그녀는 가족들이 이런 활동을 좋아하는 것은 자연 속에서 오붓한 시간을 보낼 수 있기 때문인 것 같다고 했다.

"산은 한국 문화에서 늘 명상과 숭고함의 공간으로 여겨졌어요. 그래서 산에 가면 내면의 균형을 되찾고, 자신의 정신을 자연 질서에 맞게 조율하고, 영혼을 정화할 수 있다고 믿었죠. 금강산, 백두산 등 유명한 산을 그린 수묵화가 그토록 많은 건 바로 이런 이유 때문이에요."

수가 설명했다(그녀의 말에 등장한 두 산은 한국 문화에서 숭고함의 상징으로 여겨졌는데, 옛날 한국인들은 이 산에 도교적 은둔자인 '신선'이라는 신적 존재가 살고 있다고 믿었다).

"우리 가족은 산에서 마실 물을 떠 오는 일에도 엄청 열심이었어요. 한국에는 아주 유명한 약수터가 있는 산들이 있거든요. 그런 산에서는 물을 뜨려면 줄을 서서 기다려야 해요. 많은 사람들이 커다란 물통(미국인들이 보면 기름 담는 통이라고 생각할 거예요)에 물을 가득 채워서 집으로 가져간답니다."

등산은 한국 사회 모든 계층이 좋아하는 운동이다. 최상위 계층도 예외가 아니다. 2018년 대한민국 문재인 대통령과 북한 지도자 김정은이 어렵사리 성사된 정상회담을 마친 후, 북한 땅에서 시작되는 길을 이용해 다 함께 백두산에 올라갔다. 문재인 대통령은 열정적인 등산인으로 히말라야 등반 경험도 있다. 하지만 이 백두산 등반은 역사가 되었다.

등산하기

한국에는 국립공원이 22개나 되기 때문에 어느 곳으로 가든 아름다운 등산로를 만날 수 있다. 가장 유명한 곳 중 하나는 설악산 국립공원인데, 서울에서 차로 3시간 거리에 있다. 불교 절과 2,000종의 동물, 1,400종의 희귀 식물, 송림, 30개의 산봉우리를 품은 이 국립공원은 유네스코에 의해 생물권 보전지역으로 지정되었다.

한국에서는 대부분 친구, 가족 또는 등산 동호회 회원들과 함께 등산을 한다. 혼자 여행 중인 사람이라면 투어를 예약해 따라가는 것도 좋다. 설악산은 가장 높은 봉우리가 해발 1,708m이지만, 공원 입구에서 시작되는 등산로는 난이도가 다양하기 때문에 지도를 구해 자신에게 맞는 것을 선택하면 된다(등산은 전혀 못하지만 경치를 즐기고 싶은 사람은 케이블카를 이용하면 된다).

부수적 혜택

한국인들은 등산을 통해 가족들과 가까워지고, 과중한 업무 및 학업 부담에서 오는 스트레스를 풀기도 한다. 등산은 이 외에도 많은 장점이 있다. 예를 들어 심장과 근육을 튼튼하게 해준다. 가파른 길과 바위를 오르는데 당연한 일 아닌가! 자연을 접하면 창의력과 문제 해결 능력이 향상된다는 연구도 있다. 캘리포니아 대학교 버클리의 연구진들은 자연의 아름다움을 경험한 사람의 경우 긍정적 감정이 증가하여, 남을 더 잘 믿고 마음이 너그러워진다는 연구 결과를 발표하기도 했다.

정유정 작가는 마음과 몸을 비우고 다시 시작하기 위해 등산을 한다고 말한다.

"저는 마음이 혼란스럽거나 에너지가 완전히 바닥났을 때 등산을 해요. 극한 운동을 통해 몸을 깨우기 위해서죠."

복원과 회복

한국에서 가장 인상적이었던 것은 나라 전체가 도시의 공간을 녹색 안식처로 바꾸기 위해 많은 노력을 쏟는다는 점이었다. 그 덕분에 한국인들은 문만 열면 고요한 쉼터를 발견할 수 있게 되었다.

서울숲 공원은 런던의 하이드파크나 뉴욕 센트럴파크와 종종 비교되는데, 과거가 꽤 복잡하다. 한때는 상수 처리 시설이었다가 경마장이 되었다가 다시 골프장에서 체육공원이 되었다. 그 후 전면적인 재건 과정을 거쳐 2005년 자연 야생 서식지와 생태숲, 나비 정원을 갖춘 지금의 서울숲이 개장했다. 봄이면 벚꽃이 만발하고 가을이면 노란 은행잎이 넘실대는 이곳은 이제 나들이를 즐기는 시민들로 붐빈다.

2005년 이루어진 또 하나의 녹색 성장 사례가 있다. 약 5천억 원이 투입된 도시 재개발 사업으로, 서울 시내를 가로지르는 6km 가량의 청계천을 복원한 것이다. 한국 전쟁 후, 청계천은 콘크리트로 덮였고 후에 그 위로 고가도로가 들어섰다. 천을 다시 흐르게 하기 위해 이것들은 모두 제거되었고, 천 양옆으로 녹색 보행로가 만들어졌다. 이제 매일 수천 명의 사람들이 서울의 녹색 심장에 모여든다. 바쁜 도시 속 작은 자연의 공간에서 여유를 즐기기 위해서다.

한국의 에덴동산

DMZ는 (4장에서 이미 언급했듯) 70년 동안 인간의 손이 닿지 않은 지구상 유일한 장소다. 누구도 그곳에 발을 들인 적이 없고, 나무나 야생을 훼손하지 않았으며 물을 오염시키지도 않았다. DMZ는 역설적이게도 누구의 간섭도 없이 옛 모습을 고스란히 간직한 생태계, 즉 에덴동산이 된 것이다. 이곳에는 현재 5,000종 이상의 생물이 서식하고 있고 그중 106종은 보호종이다.

2018년 북한 지도자 김정은과 대한민국 문재인 대통령은 접경 지역에서 모든 적대 행위를 중단함으로써 "비무장지대를 진정한 의미의 평화 지역으로 변화시키겠다"고 약속했다. 1년 뒤, 남한은 DMZ를 따라 난 세 개의 길 중 첫 번째 '평화의 길'을 개방하고 제한된 수지만 방문객을 받기 시작했다. 오염되지 않은 이 자연을 통해서 언젠가 헤어진 가족들이 재회하게 될지도 모른다. 정말 한국다운 일이 아닌가! 평화의 길에 대한 정보는 다음을 참고하라(www.dmzwalk.com).

신비의 섬

대한민국을 둘러싼 삼면의 바다에는 3,350개 이상의 섬이 흩어져 있고, 그중에는 아름다운 경관과 천혜의 자연을 자랑하는 곳이 수없이 많다. 하지만 그림같이 완벽한 경치 이상의 특별함을 지닌 섬이 하나 있다.

동쪽 해안에서 120km 떨어진 울릉도다. 자연을 사랑하고 모험에 목마른 사람이라면 반드시 가봐야 할 곳이다. 2시간 반 기차를 타거나 3시간 차를 타고 가서, 다시 3시간 반 동안 파도가 일렁이는 바다를 페리로 건너야 그곳에 도착할 수 있다(멀미약을 준비하는 것이 좋다).

거리도 멀고 들어가기도 힘들다 보니 이 섬은 한반도의 긴 역사 중 오랜 기간 거주민이 없었다. 1400년에서 1882년 사이 조선 왕조가 일본의 침략을 걱정해 울릉도 주민을 본토로 이주시키는 '쇄환정책'을 펼쳤기 때문에 더욱 그랬다. 1880년대 이후 섬에는 조금씩 주민이 늘어나기 시작했다.

울릉도는 울창한 숲과 폭포로 뒤덮인 화산섬이다. 아름다운 해안선에는 화산암과 산책로가 가득하고, 섬을 둘러싼 바다는 해병대의 보호를 받고 있어 스쿠버다이버에겐 천국이나 다름없다.

설명만 들어도 다른 세상처럼 신비로울 것 같지 않은가? 한국 사람들 역시 그렇게 생각하기에 울릉도를 '신비의 섬'이라고 부른다. 비옥한 땅과 맑고 탁 트인 하늘이 만나는 깨끗한 자연 덕분에 섬에 영적인 힘이 있다고 믿는 것이다. 이 좋은 기운을 누가 마다하겠는가?

• 자연에서 얻은 가르침 •

가능한 한 자주 밖으로 나가라. 자연을 마주하면 건강해지고 행복해지고 창의력이
높아진다.
   등산을 취미 삼아보라. 가족이나 친구들과 친해지고 복잡한 머리를 비우는 기회로
활용할 수 있다. 맛있는 도시락을 가져가서 힘들게 운동한 자신에게 달콤한 보상을
해주어라.
   자연을 길들이지 마라. 야생 그대로의 아름다움을 인정하고, 자연과 조화를 이루어
살아라.
   익숙한 곳에서 벗어나 새로운 장소를 탐험해 보라. 조각 공원을 방문하고, 과수원
에서 사과를 따고, 고래를 보러 가거나 별을 관찰해 보라.

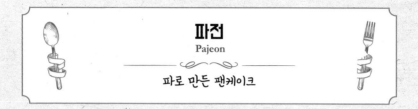

파전
Pajeon

파로 만든 팬케이크

《부서진 여름》을 쓴 작가 이정명은 내 친구이자 고객이다. 그에게 이 음식은 식사 이상의 의미가 있다고 한다. 장마철의 아름다움을 상기시키기 때문이다.

"마음속 깊은 곳에 묻혀있는 행복한 기억을 흔들어 수면 위로 떠오르게 하는 마법 같은 음식들이 있어요. 파로 만든 한국식 팬케이크가 제게는 그런 음식이죠. 빗방울이 떨어지기 시작할 때면 저는 늘 이 음식이 먹고 싶어 견딜 수가 없어요. 파블로프의 개와 비슷하죠. 그 달콤한 향과 바삭한 첫입이 머릿속을 점령해 버려요.

지붕을 두드리는 빗방울과 처마에 맞고 튕겨 나오는 빗물 모두 프라이팬 위에서 지글지글 익어가는 파전을 떠올리게 하죠. 거부할 수 없는 그 냄새와 맛까지 생생하게 느껴져요. 장마철만 되면 다른 식당에 가던 사람들이 파전집으로 몰리는 건 사실 당연한 일이에요.

보기에는 단순해 보이지만 파전은 의외로 활용도가 높은 음식이에요. 뚝딱 만들어 낼 수 있는 건강한 간식거리도 되고, 밀가루 양을 늘리면 제대로 된 한 끼 식사도 될 수 있죠. 간장이나 초고추장(고추장과 식초를 섞은 것)을 곁들이면, 주메뉴가 무엇이든 완벽한 반찬 역할을 할 수도 있어요. 파전의 단짝은 당연히 한국인들이 즐겨 마시는 막걸리(한국의 쌀 와인)나 소주(한국식 독주)지만, 잘 어울리는 와인을 함께 마시는 것도 좋을 거예요.

제가 보통 선택하는 재료는 베이컨이나 햄 조각이에요. 동양과 서양이 식탁 위에서 멋진 협업을 해내는 거죠. 베이컨의 경우 맛도 좋지만 프라이팬 위에 올렸을 때 나는 그 지글거리는 소리가 사람을 정말 흥분시키거든요. 지금 한국은 장마철이 코앞이에요. 올해도 어김없이 저는 창밖의 빗소리와 기름 두른 팬 위에서 파전이 지글지글 익어가는 소리가 만드는 아름다운 이중주를 들을 겁니다."

· 파전 조리법 ·

재료

(파전 1장분)

작은 파 5-10개(양배추
나 당근 조각을 추가해
도 좋음)
일반 밀가루 100g(바삭
한 식감을 원하면
이 중 반은 튀김가루로
대체)
물 200g
계란 2개(반죽에 1개,
토핑에 1개)
소금과 후추
원하는 식용유
1-2큰술

토핑

각종 해산물 한 움큼
(굴, 홍합, 오징어,
새우, 또는 조개), 2분간
찐 뒤 마른행주로 두드
려 물기 제거(오징어를
사용하는 경우
가로세로 1cm 크기로
자른다.)
구운 베이컨 3줄(해산물
양을 줄인다면
4-5줄)

소스

고추장 1큰술
식초 1큰술

01. 파를 흐르는 물에 씻어 세로로 반을 가른 뒤, 프라이팬 지름보
다 1-2cm 짧게 길이를 다듬는다(파 길이가 짧을수록 파전을
뒤집기 쉬워진다).

02. 우묵한 그릇에 밀가루, 물, 계란 1개와 소금, 후추를 넣고 반
죽을 만든다. 바삭한 식감을 원하면 차가운 물을 쓰거나 얼음
2-3조각을 넣는다. 얼음을 너무 많이 넣으면 반죽이 질어지므
로 조심해야 한다.

03. 프라이팬을 뜨겁게 달구고 식용유 1큰술을 고루 두른 뒤, 중불
로 낮춘다.

04. 파를 반죽 안에 넣어 반죽이 잘 묻도록 한 뒤 다시 꺼내 프라
이팬에 둥글게 펼쳐 올린다.

05. 파 위로 반죽을 붓고 프라이팬을 기울여 반죽에 빈 곳이 생기
지 않도록 한다.

06. 이제 피자를 만드는 것처럼 해산물을 반죽 위에 골고루 뿌린다.

07. 해산물 위에 베이컨 조각을 올린다.

08. 하나 남은 계란을 제일 위에 고르게 펴 올린다. 껍질을 깨 그대
로 올려도 좋고, 잘 휘저어 흰자와 노른자가 섞인 상태도 좋다.
3-4분 정도 익힌다.

09. 파전을 뒤집고 뒤집개로 꾹 눌러 재료가 서로 잘 달라붙게 한
다. 반죽이 팬에 붙지 않도록 식용유 1-2작은술을 가장자리에
두르고 3분 정도 더 익힌다.

10. 토핑 쪽이 위로 오도록 파전을 다시 뒤집고 그대로 접시에 옮
겨 고추장 소스(같은 양의 고추장과 식초를 섞은 것)와 함께 먹
는다.

06
계몽 Gyemong

태백산

운문사

고요한 아침의 나라

한국은 한때 조선이라는 이름으로 알려졌는데, 이는 '고요한 아침의 나라'라는 뜻이다(미국인 사업가 퍼시벌 로웰이 1880년대 한국을 여행하고 《조선, 고요한 아침의 나라》라는 책을 쓰면서 이 표현이 널리 알려졌다).

아름다운 산맥과 고요한 호수, 우거진 푸른 숲과 조용한 아침을 생각하면 이보다 정확한 표현은 없을 듯하다. 이 표현은 또한 매일 참선을 통해 자신의 마음을 돌보고 동정심을 가질 것을 권하는 한국 불교의 관습과도 무관하지 않을 것이다.

4세기경 중국을 거쳐 한국에 들어온 불교는 이후 한국인의 삶의 한 부분으로 자리 잡았다. 현재는 한국 인구의 4분의 1이 자신을 불교 신자라

밝히고 있고, 절은 전국에 2만 개 정도가 있다. 이 중 '전통' 사찰로 인정받은 것은 약 900개밖에 되지 않는다('전통' 사찰로 등록하기 위해서는 종교적 진실성, 건축적 가치와 역사적 가치 그리고 소유권 등 몇 가지 조건을 충족해야 한다. '전통' 사찰이라 불리지 못하는 절들은 대부분 새로운 교리를 따르는 개개의 승려가 운영하는 곳인데 일반인 개인의 소유인 경우도 있다).

절은 전국 어느 곳에나 있지만, 깊은 산속에 특히 많다. 방해받지 않고 기도에 집중할 수 있는 완벽한 장소다. 한국에서는 어떤 절이든 자유롭게 들어갈 수 있지만, 정서적 재충전을 위해 그 장소와 시간을 충분히 경험하고 싶다면, 템플스테이를 통해 절에 손님으로 머무를 수도 있다. 한국불교문화사업단이 운영하는 템플스테이 사업은 2002년 월드컵을 보러 온 관광객들에게 한국 불교와 문화를 경험할 수 있는 기회를 제공하고자 시작되었다. 현재는 50개 이상의 절에서 일주일까지 손님으로 머물 수 있고, 절에 머무는 동안에는 한국 불교의 역사와 절에서 지켜야 할 예절, 참선 방법을 배우고 '다도'라고 부르는 차 마시는 의식에도 참여할 수 있다. 원한다면 108배도 시도해 볼 수 있다!

나는 우연한 기회에 한국의 템플스테이에 대해 알게 되었다. 서울에 도착한 첫날 밤, 난 시차 때문에 잠을 이루지 못해 새벽 3시가 되도록 텔레비전을 보고 있었다. 그때 한국의 산속에 자리 잡은 오래된 절을 거니는 한 서양인 부부가 화면에 등장했다. 템플스테이 광고였다. 난 순식간에 마음을 빼앗기고 말았다.

"힘도 의욕도 없으신가요? 과로로 늘 피곤하신가요? 템플스테이로 활기를 되찾아 보세요!"

광고 속 성우의 목소리가 말했다. 바쁜 일상에서 잠시 벗어날 수 있다는 생각은 무척이나 매력적이었다. 난 스스로를 돌아보고 새롭게 시작할 시간이 필요했다. 무엇보다 온갖 기계들과 멀어질 필요가 있었다. 난 즉시 전화기를 들어 호텔 안내원에게 전화를 걸었다.

"템플스테이 좀 예약해 줄래요? 꼭 가야 해요!"

"물론이죠. 기꺼이 해드릴게요."

다음 날 아침, 예약이 완료되었다.

템플스테이 센터
주소: 서울 종로구 우정국로 56
홈페이지: eng.templestay.com

기분 전환

1월 중순의 어느 날, 나는 1,700년 된 인천 전등사의 유일한 손님이 되었다. 전등사는 한국에서 가장 오래된 절 중 하나로, 이 땅에 처음으로 고조선이라는 왕국을 세운 단군의 세 아들이 조상을 모시는 사당으로 지은 것이라 전해진다.

정족산 꼭대기에 위치한 이 절은 목조 건물 열 채로 이루어져 있는데, 고조선에서부터 조선 중기까지 건설 시기가 다양한 탓에 각기 다른 건축 양식을 보여준다. 섬세한 조각, 한국의 풍경과 부처를 묘사한 800년 된

그림이 이 건물들을 장식하고 있다. 절은 박물관처럼 느껴질 수도 있지만 실은 활발히 활동하는 불교인들로 가득하다.

대부분의 절은 손님이 입을 옷을 내어준다. 나도 커다란 핑크색 퀼팅 조끼와 자주색 벌룬 팬츠를 기꺼이 받아 입었다. 비록 서커스 광대 같은 모습이었지만, 편안함만큼은 최고였다.

여분의 옷과 세면도구, 등산화를 챙겨 가면 도움이 될 것이다. 가을이나 겨울에 방문할 예정이라면 반드시 기억하라. 털옷을 준비하고 옷을 여러 겹 껴입어야 할 것이다. 위치에 따라 밤에는 엄청나게 춥다가 낮에는 해가 쨍쨍할 수도 있기 때문이다.

절에서의 생활은 전적으로 자신의 선택에 달렸다. 전기와 인터넷 연결이 다 되어있지만, 이런 전기 통신 장치들은 꺼두기를 권한다. 금지된 것은 아니지만, 멀리까지 간 이유는 결국 멀어지기 위해서가 아닌가!

공용 샤워장과 화장실은 깨끗하고 쓸만했다. '럭셔리 스파'를 기대하지는 마라. 자신이 쓸 비누와 수건은 가져가야 한다. 건물 안에 들어갈 땐 늘 신발을 벗어야 하므로, 튼튼한 슬리퍼나 로퍼를 가져가면 신고 벗기 편하다.

취침 시간이 이르지만 방에 전기가 다 들어오기 때문에 원하면 책을 읽을 수도 있다. 템플스테이 신청자가 많을 때는 모르는 사람과 한방을 쓸 각오도 해야 한다. 사진 촬영도 허용된다. 절 안의 거의 모든 곳에서 사진을 찍을 수 있다.

아이들도 물론 참석할 수 있다. 가족을 위한 특별 프로그램이 있는데,

절마다 상황이 다를 수 있으니 미리 확인해 봐야 한다.

절에는 온통 건강에 좋은 것뿐이었다. 산 공기는 맑았고, 석조 분수에서 흘러나오는 샘물은 어떤 고급 와인보다 맛이 좋았다. 이런 곳에서 땀 흘려 등산하고 고요하게 명상을 하니, 밤이면 저절로 단잠에 빠져들었다.

영혼의 양식

한국의 수행 문화를 이해하는 가장 좋은 방법은 음식을 먹어보는 것이다. 절 음식은 채소만 쓰지만 영양이 풍부하고, 몸과 영혼을 '정화'하는 데 도움을 주고자 한다. 식사 중에는 침묵을 지켜야 하고, 음식에 집중해 적당히 먹어야 한다. 부처의 가르침에 따르면 먹는 행위는 계몽을 위한 여정의 일부이므로 그에 맞는 예를 갖춰야 한다. 쓰레기가 생기지 않도록 접시 위에 담긴 음식은 모두 먹어야 하고, 요리해 준 사람에게 감사를 표해야 하는 것이다.

그 지역에서 난 식물 위주의 제철 음식을 이용한다는 이들의 교리는 최근의 유행과 놀라울 정도로 유사하다. 우리 사회가 채소 위주의 식단, 슬로푸드, 제철 음식 등을 중시하는 것이 최근에야 만들어진 흐름이라고 생각할지 모르겠지만, 한국의 불교는 이미 몇백 년 전부터, 정확히는 1600년대부터 이런 식습관을 실천해 왔다. 음식에 대한 이들의 태도는 공식적인 수도승의 식사인 '발우공양'을 보면 잘 드러난다. 두부, 죽, 밥, 채소, 국, 김치를 담은 나무 그릇을 상 위에 놓고, 모두가 적당한 양을 덜어서 먹는다.

중요한 것은 자신의 몸이 일도 하고 영적 수행도 할 수 있는 상태를 만드는 것이다. 한국 승려들은 마늘, 부추, 파 또는 양파를 먹지 않는다. 향이 너무 강해 명상 중 집중을 방해할 수 있다고 여기기 때문이다.

한국 방문 중 절에 갈 수 없다면, 서울에 있는 발우공양이라는 식당을 가보라. 승려에게 직접 음식을 배운 주방장이 있어 제대로 된 전통 사찰 음식을 맛볼 수 있다. 원한다면 조리법을 배울 수도 있다. 서울에 있는 한국 사찰음식 센터에서는 요리 수업을 운영 중이다.

전등사 📍
주소: 강화군 길상면 전등사로 37–41
홈페이지: www.jeondeungsa.org

한국 사찰음식 센터
주소: 서울 종로구 우정국로 56
홈페이지: www.koreatemplefood.com

발우공양
주소: 서울 종로구 우정국로 56, 5층
홈페이지: www.eng.balwoo.or.kr

108배

난 4시 기도 모임에 참석하기로 했다. 작고 조용한 건물에서 스님 두 분이 절을 하고 기도문을 읊조렸다. 모임이 끝난 뒤에는 평신도 세 명이

108배 의식을 거행했다. 이 의식은 육체적으로 무척이나 힘든 일이었다. 무릎, 팔꿈치, 이마 등 신체 다섯 부분이 바닥에 닿아야 하기 때문이다. 마음을 깨끗이 하고 이기심, 분노, 질투와 같은 자아의 과잉을 속죄하기 위해 행하는 의식이라고 한다.

한 나이 많은 여자 신도가 마치 곡예사처럼 유려하게 절을 올리는 모습을 본 적이 있다. 나도 해보았지만 그다지 성공적이지 못했다. 이후 난 한 남자분과 108배에 대해 이야기 나누며, 한 번도 제대로 하기 어려웠다고 고백했다.

"큰절은 매우 힘든 동작이에요. 오랫동안 연습해야 할 수 있죠."

남자분은 나를 위로하며, 절을 잘하느냐 못하느냐보다는 마음이 중요하다고 덧붙였다. 순간 나는 또 하나의 깨달음을 얻었다. 영적 수행은 경쟁이 아니다. 시도 자체에 의미가 있다. 목표는 꾸준히 계속해 나가는 것이다. 그러다 보면 성장하게 된다.

· 큰절 기도 ·

큰절은 보통 기도 모임의 시작과 끝에 한다. 먼저 선 채로 고개를 숙이고, 다음에는 무릎을 꿇는다. 두 손은 벌려 손바닥을 위로 향하게 하고 이마 양옆에 둔다. 그리고 손등과 이마가 바닥에 닿을 때까지 몸을 숙인 뒤, 손을 귀 높이까지 살짝 들어 올렸다가 다시 바닥에 내려놓는다. 이 절은 부처 앞에서 자신을 낮추는 동작이다. 절을 할 때는 보통 다음과 같은 사람이 될 것을 스스로에게 다짐한다.

겸손하라.
항상 감사하라.
이기심을 버려라.

> 부모와 가족의 존재를 감사히 여겨라.
> 자신의 몸과 영혼을 소중히 하라.
> 살아있음에 감사하라.
> 스승을 존경하라.
> 더 많이 용서하라.
> 화내지 마라.
> 모두에게 친절하라.

우리는 지금 행복합니다

어느 날 스님 한 분이 함께 차를 마시자고 청하셨다. 통역자도 동석했다. 난 지난해 내 삶이 얼마나 힘들었는지 하소연했다. 남편이 복잡한 수술을 했기 때문이다(다행히도 완전히 회복했다). 결국 난 울음을 터뜨렸다. 그러자 스님은 한 치의 망설임도 없이 주제를 바꾸셨다. 통역자가 내 말을 전하기도 전이었다.

"우리는 지금 행복합니다."

스님이 위로하듯 말씀하셨다. 통역자를 통해 들은 스님의 말씀은 이랬다. 난 과거의 스트레스를 짊어지고 사느라 소중한 현재 순간을 낭비하고 있다. 중요한 것은 결국 어떻게 보느냐다.

"네, 물론이죠! 우린 지금 행복해요."

스님의 말씀을 따라 하고 나니, 문득 내가 왜 울었나 싶은 생각이 들었다. 난 수천 킬로미터를 날아와 이 산속 절에 들어왔고, 세상에서 가장 아름다운 곳 중 하나인 이곳에서 스님과 함께 차를 마시고 있지 않은가! 스님의 말씀은 단순하지만 심오했다.

오늘날까지도 난 걱정거리나 두려움 때문에 스트레스를 받을 때면 그 순간을 떠올리며 힘을 낸다. 스님이 해주신 말씀도 되뇌어 본다.

"우린 지금 행복합니다."

그 말은 사실이었다. 우린 어떤 상황에서든, 마음만 먹으면 감사와 기쁨에 집중할 수 있기 때문이다.

친구 사귀기

템플스테이를 위해 서울을 떠나기 전 동료 한 명이 내게 이런 조언을 해주었다.

"친구 많이 사귀세요."

그의 말은 한국 문화에서 유대감과 공동체, 즉 '정'이 얼마나 강력한 원리인지 보여준다. 난 솔직히 좀 당황스러웠다. 어떻게 친구를 사귈 수 있지? 절에 가면 침묵 속에서 먹고 명상을 하게 될 텐데 말이다. 어쨌든 나는 절에 도착했고, 카메라를 멘 채 산책을 나섰다. 아름답고 상쾌한 아침이었다. 그때 갑자기 남자 목소리가 들려왔다.

"사진 찍어드릴까요?"

남자는 재충전을 위해 단 하루 절에 머무는 사람이라고 자신을 소개했다. 우리는 함께 산책을 하고 차를 마시고, 뉴욕과 한국에서의 삶에 대해 이야기를 나누었다. 내가 친구를 사귄 것이다. 나는 한국인들이 바쁜 일상에서 벗어나기 위해 절을 활용하는 법에 대해 배웠을 뿐 아니라, 다른 나라를 방문했을 때 그 나라 사람과 시간을 보내면 그곳에서의 시간이 더 풍요로워진다는 사실도 알게 되었다.

구름이 만든 문, 운문사

가장 장엄한 풍경을 자랑하는 절 중 하나는 바로 태백산맥 남쪽에 자리 잡은 운문사(구름 문 절)다. 560년경 지어진 이 절은 16세기 일본의 침략으로 일부 훼손되었다. 이후 18세기에 건물들이 재건되었고, 현재는 (모임에 사용되는) 전통적인 누각과 사원들이 절을 구성하고 있다. 운문사는 또한 여자 승려(비구니)들을 위한 한국 최대 교육 전문 대학이기도 하다. 약 300명의 학생들이 이곳에서 기숙하며 4년의 교육 과정을 수료 중이다. 이들은 자신의 삶을 바쳐 불교를 공부하기 위해 전 세계에서 이곳을 찾아왔다. 난 그곳을 방문했을 때 브루클린 출신의 젊은 여자 승려를 만나기도 했다.

　운문사는 장엄한 아름다움을 갖춘 절이다. 놀랍도록 아름다운 숲과 강, 언덕에 둘러싸인 이곳은 (예술적, 문화적, 역사적 가치를 갖추었다고 국가로부터) 공식적으로 인정된 국보 여러 점을 보유하고 있다. 그중에는 400년 된 처진소나무, 삼층석탑 그리고 석조여래좌상이 있다. 운문사에는 또한 200년 된 은행나무들이 있는데 비구니 스님들은 열매를 따서 절임을 만들기도 한다.

내 친구인 신경숙 작가는 운문사 학생들을 위한 강연에 초대된 적이 있는데, 난 그녀를 따라 절을 방문하게 되었다. 서울에서 이른 아침 출발해 기차와 차로 몇 시간을 달려 도착한 그곳에서 학장 스님과 주지 스님이 우리를 맞아주었다. 나는 눈앞이 흐릿해 즉시 카페인을 몸에 넣어줘야만 하는 상태였다.

나는 대개 커피 두 잔을 마시기 전까지는 눈을 뜨고 있어도 일어난 게 아니다. 끙끙거리며 귀신처럼 침대에서 부엌으로 어슬렁어슬렁 움직여 카페인 한 모금을 목으로 넘기면 비로소 잠에서 깨어나기 시작한다.

나는 학장 스님께 커피를 부탁드렸고, 그녀는 잠시 후 나를 구해줄 컵 하나를 들고 돌아왔다. 당시 나는 커피를 부탁하는 것이 부적절한 행동이라는 사실을 몰랐다. 비구니 스님들은 차를 마실 뿐 커피는 마시지 않기 때문이다. 채식주의자에게 점심으로 햄버거를 준비해 달라고 청한 것이나 다름없었다. 그들은 카페인을 섭취하면 절의 고요함과 명상적 분위기에 방해가 된다고 믿었다.

그러니 당시 학장 스님의 행동은 믿을 수 없을 정도로 큰 친절이었다. 그녀는 내가 커피 없이는 못 사는 뉴욕 사람이라는 점을 이해하고 너그럽게도 내게 커피를 가져다준 것이다.

절에는 또한 서양식 화장실이 없는 경우가 많다. 나도 아시아의 옥외 화장실을 겪을 만큼 겪어봐서 안다. 하지만 내가 학장 스님께 화장실이 어디 있는지 물었을 때 그녀는 친절하게도 자신의 (서양식) 개인 화장실을 사용하도록 해주었다. 내 인생에서 가장 행복한 순간 중 하나였다.

50명의 학생들은 신경숙 작가를 보고 너무나 기뻐했다. 그녀가 자신의 작품에 대해 이야기하자 학생들은 넋을 잃고 강연에 빠져들었다. 우리는 또한 영광스럽게도 여러 스님들을 만날 수 있었는데, 그중 몇 사람은 절 안에서 자신이 가장 좋아하는 장소로 우리를 안내해 주기도 했다. 한 스님은 벚꽃이 필 때 벚나무에서 사색을 하고 기도를 드린다고 했고, 또 다른 스님은 채소밭을 특별히 아끼고 사랑한다고 했다.

또 한 스님은 우리를 그 유명한 소나무로 데리고 가더니, 나무를 양팔로 꼭 껴안았다. 나무가 우리에게 준 모든 것에 감사한다는 의미였다. 나역시 나무를 안아보았다. 마치 할머니를 끌어안는 기분이었다. 나무도 나를 안아주는 것 같았다. 분명 그런 느낌이었다!

운문사 경내에서 내가 제일 마음에 들었던 장소는 그곳을 가로지르는 차가운 개울이었다. 개울가에는 나무와 꽃이 무성했고, 개울을 따라 언덕을 걷고 다리 하나를 건너면 작은 탑이 나오는데, 가만히 앉아 명상하기 좋은 곳이었다.

차가운 물에 발을 담그고 바위에서 바위로 뜀뛰기를 하며 나는 쉴 새 없이 웃었다. 자연에 취한 것이다. 그 순간에 흠뻑 빠진 나는 마음이 들떠 황홀할 지경이었다. 내 마음은 온전히 그곳에 있었고, 조금의 걱정도 없이 그저 평온했다. 그 기분은 하루 종일 나를 떠나지 않았다.

절을 모두 둘러본 후 우리는 운문사의 작은 박물관을 관람했다. 이곳 여성들이 만든 자수품, 그림, 종이 공예품과 그 외 다른 작품들이 가득했다. 이 절 안 여성들의 놀라운 에너지와 그들 사이의 공동체 의식을 보여주는 곳이었다.

깨어있는 삶

아무리 짧은 시간이라도 그곳에서는 많은 것을 배울 수 있다. 비구니 스님들이 느끼는 기쁨은 손에 잡힐 듯 뚜렷했고, 친절과 명상을 사랑하는 삶에 대한 헌신은 우리 모두의 귀감이 될만했다. 그들에게 행복, 즉 '흥'이란 그저 행하고 존재하는 데서 오는 것이다. 삶을 풍요롭게 만들기 위해 많은 '것'들을 쌓아놓고 살 필요는 없다는 사실을 그들을 통해 확인할 수 있다.

한국 불교의 핵심은 호흡을 통해 마음을 고요하게 다스리는 참선이다. 가부좌를 하거나 일반적인 책상다리를 하고 앉아 규칙적인 호흡에 집중하면서, 마음속에서 일어나는 모든 느낌과 생각을 유심히 살핀다. 마음이 '소란'스러우면 (분명 그럴 것이다) 생각들을 내려놓고 호흡에 더욱 집중함으로써 마음을 고요히 한다.

최근의 과학적 연구 결과는 스님들이 이미 오래전부터 알고 있던 것들이 사실임을 증명한다. 명상은 스트레스를 줄이고 집중력과 창의력을 높이며 기억력을 증진시킨다. 또한 비난하고 걱정하는 마음을 잠재움으로써, 자신과 타인을 더 잘 받아들일 수 있게 도와준다.

차를 타고 절을 떠날 때 내 마음은 운문사가 준 가르침에 감사하는 마음으로 가득 차있었다. 내가 머리를 깎고 승복을 입고 밤낮으로 불교를 공부하지는 못하겠지만, 자연의 힘과 이 세상을 구성하는 법칙 속 내 존재의 위치를 느끼기 위해 나무를 껴안는 일만큼은 어디에서든 할 수 있다.

늘 맑게 깬 정신으로 하루하루 살아가는 스님들을 보면서 나는 내 삶에 주어진 모든 선물들에 감사를 표현하는 법을 배웠다. 그곳의 평화롭고 애정 어린 분위기 덕분에 휴식의 중요성 그리고 아름다움과 평온함에 몰두함으로써 얻을 수 있는 치유의 힘에 대해서도 다시 생각하게 되었다.

단 하루만이라도 일상에서 벗어나 이 아름다운 곳에 흠뻑 빠질 수 있다면, 운문사는 분명 당신에게 놀라운 변화를 안겨줄 것이다.

운문사
주소: 경상북도 청도군 운문면 운문사길 264
홈페이지: www.unmunsa.or.kr

• 절에서 얻은 행복에 대한 가르침 •

쉬는 것은 중요하다. 하지만 휴식을 위해 멀리 갈 필요는 없다. 집을 절로 만들면 된다. 영양가 있는 음식을 요리하고, 느슨한 옷을 입고, 창문을 열고, 컴퓨터를 꺼라. 자연으로 나가 걷고 명상하라.
　지금 이 순간에 감사하라. 과거에 휘둘리지 마라. 우리는 지금 행복하다.
　침묵과 명상은 정신을 위한 약이다.
　자신만의 속도로 나아가라. 남과 비교하지 마라. 삶은 경쟁이 아니다.
　몸을 따뜻하게 하고 머릿속을 비우기 위해 차를 마셔라.
　채소 위주의 비가공식품을 먹어라. 일주일에 단 한 번만이라도 채식주의자가 되어 보라.
　음식을 내 몸을 위한 연료라고 생각하라. 너무 탐닉하거나 낭비해선 안 된다.
　친구를 사귀어라. 관계는 중요하다. 모든 우정은 당신의 삶을 풍요롭게 한다.

된장찌개
Doenjang-jjigae
콩 반죽 스튜

내 친구인 신경숙 작가에게 콩을 으깨어 만든 된장은 단순한 음식 재료가 아니라, 그 자체로 하나의 건강식품이다.

"된장은 발효시킨 콩 덩어리, 즉 '메주'로 만들어요. 일본의 미소와 비슷하지만 맛은 분명히 다르죠. 요즘은 대부분의 한국인들이 마트에서 파는 된장을 사 먹지만, 예전에는 집집마다 매년 날을 잡아 된장을 직접 만들었어요.

한국 장류의 대표라 할 수 있는 이 된장은 당연히 《엄마를 부탁해》라는 제 책에도 등장합니다. 그런데 유럽 국가들에서는 '된장'을 미소로 잘못 번역하는 일이 벌어졌어요. 둘의 차이를 직접 설명했던 일이 기억나네요.

우리 한국인들은 이 된장을 만병통치약처럼 쓰는 경향이 있어요. 속이 불편할 때는 된장만 넣어 맑게 끓인 된장국을 마시고, 심지어는 상처가 빨리 아무는 데 도움이 되라고 된장을 듬뿍 바르기도 하죠. 된장은 발효 과정에서 발생한 독특한 향 때문에 한국인들처럼 어렸을 때부터 된장 냄새를 맡은 사람이 아니고서는 뒷걸음질을 칠 수도 있어요.

재래식 된장은 오직 콩만 가지고 만들어요. 된장찌개의 대표적인 재료는 애호박, 무, 버섯이고 깍둑썰기 한 두부도 넉넉하게 들어가요. 그러니 단백질 함량을 따지면 그 어떤 음식에도 뒤지지 않을 거예요. 많은 사람이 한국인의 건강 비결로 된장을 꼽을 거라고 확신해요."

·된장찌개 조리법·

재료

(2~3인분)

말린 멸치 한 움큼 또는
멸치 가루 1큰술
다시마 3조각(한 조각은
신용카드 크기)
손으로 으깬 마른 홍고추
(생략 가능)
씨를 파낸 애호박 1/2개
두부 200g
표고버섯 2~3개(혹은
송이버섯 1개)
감자 1/2개
양파 1/2개
빨간 청양고추 4~5개
빨간 고추 1개
간 마늘 1큰술
참기름 1큰술
된장 2큰술
고추장 1/2큰술
큰 파 1개(흰 부분만 잘게
썰어 토핑으로 사용)
꿀 1큰술

01. 먼저 밑 국물을 만들어야 한다. 냄비에 물 1.5리터를 넣고 끓인 다음 불을 줄이고 말린 멸치와 다시마를 넣는다. 매운 맛을 좋아하면 마른 고추 조각 한 꼬집을 첨가해도 좋다.

02. 중불을 유지하여 물을 끓이다가 맑은 맥주 빛깔이 되면 불을 끈다. 보통 5~10분 정도 걸릴 것이다. 더 오래 끓이면 다시마가 젤리처럼 흐물거려서 국물이 끈적해질 수 있다. 또 다른 방법은 모든 재료를 미지근한 물에 한 시간 동안 담가 두는 것이다.

03. 밑 국물이 끓는 동안 (혹은 미지근한 물로 재료를 우리는 동안) 애호박, 두부, 버섯, 감자를 작은 육면체 형태로 썰어둔다. 양파, 고추 그리고 청양고추는 잘게 썬다.

04. 다진 마늘을 냄비에 넣고 참기름을 두른 뒤 약한 불에서 저어가면서 볶는다.

05. 잘게 썬 양파를 더해 넣고 계속 볶아준다.

06. 강한 불로 바꾸고 재료들을 순서대로 넣는다. 감자, 애호박, 버섯, 청양고추 그리고 두부 순이다.

07. 된장과 잘게 썬 고추 그리고 고추장을 채소에 섞어 넣고, 재료가 부드러워질 때까지 계속 저어가며 볶는다.

08. 미리 준비해 둔 멸치 육수를 냄비에 붓고 끓인다.

09. 국물이 뽀얗고 끈적해지면 잘게 썬 파를 넣는다.

10. 찌개를 떠서 한국 뚝배기 그릇에 담는다. 뚝배기가 없으면 일반 그릇에 담아도 좋다. 꿀을 살짝 뿌리고, 찐 양배추를 담은 그릇과 함께 상에 낸다.

07

안녕Annyeong

부산

한국의 바르셀로나

서울에서 기차를 타고 2시간 반이면 해안 도시 부산에 도착한다. 맹세컨
대 흥행 영화 〈부산행〉에서처럼 좀비에게 공격당하는 일은 없을 것이다.
이 영화 덕분에 대한민국 제2의 도시인 부산이 유명해지기는 했지만, 부
산은 공포영화와는 정반대의 도시다.

  아름다운 해변과 유행하는 스타일의 레스토랑, 부산국제영화제라는
문화적 매력까지 갖춘 이 항구 도시는 한국의 바로셀로나로 불린다. 부
산은 또한 한국 웰빙의 수도이기도 하다.

  예술을 사랑하는 사람에게 부산은 완전히 새로운 경험이 될 것이다. 세
계 많은 도시들과는 달리 부산은 그라피티 작가들을 환영한다. '꿈꾸는

부산의 마추픽추'라는 정부 계획은 이들 작가들에게 부산의 거리를 창의적 작품으로 가득 채워달라고 청했고, 덕분에 한때 황폐했던 빈민가가 화려하고 활기 넘치는 동네로 탈바꿈했다.

가파른 언덕을 따라 층층이 들어선 작은 집들이 부산을 내려다보고 있는 감천문화마을은 이제 알록달록 파스텔 톤으로 물들었고 좁은 골목에는 벽화가 가득하다. 예술에 대한 이러한 사랑과 존중은 자연히 전 세계의 예술가들을 이곳으로 불러 모았고, 암스테르담을 중심으로 활동하고 커다란 비둘기 벽화로 유명한 아델 르노, 스페인 화가 에바 알머슨, 영국 현대 화가 줄리언 오피 등이 부산에서 전시회를 열었다.

웰빙의 예술

21세기의 유행어를 하나만 꼽으라면 아마도 '웰빙'일 것이다. 약초와 영양소 그리고 마사지로 자신을 돌보는 것은 더 이상 '건강 염려증 환자'만의 전유물이 아니다. 웰빙은 어디에나 존재한다. 유명 CEO도 우리의 요가 선생님만큼 사우나와 명상을 열렬히 찬양할 수 있다는 뜻이다. 한국인들은 이런 웰빙 열풍을 보고 신기하게 생각할 것이다.

한국은 무엇이든 빛의 속도로 해내는 초고속 문화로 유명하지만, 힐링과 웰빙을 실천하는 오랜 전통을 가지고 있기도 하다. 사실 지금 전 세계가 열성적으로 받아들이고 있는 이 흐름을 한국인들은 이미 5,000년 전부터 삶의 중요한 부분으로 실천해 왔다.

부산에서는 웰빙을 실천하는 것이 벽에 그림을 그리는 것만큼이나 예술적인 행위로 인정된다. 부산은 그야말로 웰빙의 도시인 것이다. 대중목욕탕이자 스파인 '찜질방'도 450개로 한국 도시들 중 그 밀도가 가장 높다. 한국 찜질방의 핵심은 24시간 영업과 남녀로 구분된 목욕탕에 마련된 바디풀, 사우나, 마사지 테이블 등 다양한 웰빙 시설들이다.

부산에서 가장 크고 호화로운 찜질방은 세계에서 가장 규모가 큰 쇼핑센터인 센텀시티 신세계백화점 내에 위치한 스파랜드다. 이곳 탕과 풀의 온천수는 지하 1,000m를 흐르는 두 개의 온천에서 끌어 올린 것인데 그중 하나는 염화칼슘을, 다른 하나는 염화나트륨을 함유하여 피부와 혈액 순환 그리고 긴장 완화와 허리 통증 완화에 도움이 된다고 한다. 스파랜드에는 종류와 온도가 각기 다른 18개의 온천수 탕과 13개의 테마 사우나, 소금방, 얼음방 그리고 우주의 기운을 받기 위한 피라미드 방이 있다. 찜질방에 익숙한 한국인들조차 놀랄 규모라고 한다.

센텀 스파랜드
주소: 부산 해운대구 센텀남대로 35
홈페이지: www.shinsegae.com

탕, 사우나, 마사지

서양 사람은 느긋하게 쉬도록 설득하는 게 생각보다 쉽지 않다. 에너지를 소진하지 않으려면 휴식이 필요하다는 것은 알지만, 많은 이들이 휴식을 취했다가 게을러 보일까 봐 걱정하기 때문이다. 한국은 정반대다. 찜질방에 가면 이 휴식의 기술이 최대한으로 발휘되는 현장을 어디에서든 목격할 수 있다. 한국인들은 이곳에서 하루 종일 쉬고, 몸을 돌보고, 기운을 회복한다.

연구에 따르면 휴식은 인간의 면역력을 강화하고 스트레스와 긴장감을 감소시키며 생산력과 집중력을 향상시킨다. 사우나를 하면 혈압이 낮아지고 두통이 완화되며 엔도르핀이 분비된다.

한국에는 목욕탕에 함께 가기 전에는 진정한 친구라고 할 수 없다는 말이 있다! 대중목욕탕에는 혈액 순환과 근육 이완을 위해 각기 다른 온도로 설정된 탕들이 있다. 약초나 소금을 섞은 탕도 볼 수 있을 것이다. 사우나에는 혈액 순환에 좋다는 히말라야 소금이나 관절염에 도움을 준다는 옥을 사용한다. 마사지는 몸에서 독소를 제거하기 위해 증기실에서 이루어진다.

나는 마사지를 받기 위해 한국 스파를 처음으로 방문했는데, 그날 잊지 못할 경험을 하게 되었다. 먼저 난 돌로 만들어진 따뜻한 증기실로 들어갔다. 마사지사는 비키니 수영복을 입은 아담한 여자였는데, 내가 눕자마자 바로 작업에 들어갔다. 물로 몸을 씻기고 마치 잔디 갈퀴 같은 도구로 물기를 쓸어낸 뒤 다시 털이 짧은 솔로 몸을 훑고 마침내 따뜻한 오일로 내 몸을 마사지하기 시작했다. 그녀의 손길은 근육과 온몸의 조직을 깊숙이 뚫고 들어오듯 강렬했다. 그날 밤 난 단잠을 잤고, 다음 날 아침 깨어났을 때는 기쁨과 활기로 가득 차있었다.

스파에서 활기를 충전한 또 하나의 기억이 있다. 석모도라는 섬에서 친구와 함께 1,000개의 계단을 올라 상봉산 보문사에 다녀온 날이었는데, 웰빙을 경험한 나의 모험 중 가장 독특한 것이 아닐까 생각한다. 그날 산행의 끝에는 마애석불좌상, 즉 바위에 새겨진 앉은 모습의 부처상이 있었다. 우리는 10m 높이의 부처상 앞에서 소원을 빌고, 방향을 돌려 산을 내려가기 시작했다. 그런데 나는 금세 발이 아프고 뜨거워져 더 이상 걷기 힘든 지경이 되었다. 내 친구는 나를 근처 시골 마을 야외 족욕장으로 데려갔다.

사람이 만들었지만 자연 온천을 사용하는 이런 무료 야외 족욕장은 대한민국 곳곳에서 찾아볼 수 있다. 나무 의자나 돌로 만든 턱에 앉아 다리를 아래로 늘어뜨리고, 통증과 관절염에 도움이 된다는 마그네슘, 칼슘, 나트륨이 풍부한 물에 발을 담가보라.

난 보글보글 솟아오르는 물속에 발과 다리를 담갔다. 그리고 그 순간 모든 문제가 사라졌다.

빛나는 피부를 위한 10단계

K-팝, K-드라마와 함께 로켓처럼 한순간 떠버린 또 다른 한국적 현상이 바로 K-뷰티다. 이건 어쩌면 당연한 일이다. 한국인들의 피부는 아름답고 빛이 난다. 그들은 속이 꽉 차고 이슬에 젖은 듯한 느낌의 젊은 피부를 선호하는데 이런 피부를 보통 '촉촉하다'고 표현한다. 서양 사람들은 화

장술로 얼굴에 변화를 주려고 노력하지만, 한국 사람들은 일단 기본 캔버스를 아름답게 만드는 데 집중한다. 비결이 무엇일까? 뛰어난 뷰티 상품들과 피부 수분을 유지하기 위한 10단계 스킨케어 방법이다.

아모레퍼시픽, 코스알엑스, 이니스프리 혹은 설화수의 클렌저, 마스크팩 혹은 로션을 써본 적 있는가? 한국 사람은 모두 쓴다. K-뷰티 제품은 최첨단의 연구 개발, 순수한 재료와 뛰어난 효능으로 격찬을 받고 있다.

한국인들은 어린 나이에 이미 10단계 스킨케어를 시작한다. 아이 때부터 클렌저를 쓰고 로션을 바르고 자외선 차단 제품으로 마무리하는 법을 배우는 것이다. 18세가 될 즈음에는 매일 30분이 걸리는 이런 스킨케어 방식이 이미 자연스러운 일상이 된다. 마스크팩, 세럼, 에센스, 비비크림 등은 사치품이 아니다. 한국인의 화장대에 반드시 있어야 하는 아이템이다. 이렇게 여러 겹을 덧바르는 스킨케어 방식은 1960년대에 처음으로 개발되었다. 하지만 꽤 오랜 시간이 흐른 지금 뷰티 브랜드들은 2개의 각기 다른 제품을 바르는 것만큼 효과적인 다기능 제품들을 출시하고 있다.

부산 감천문화마을
주소: 부산 사하구 감내2로 203
홈페이지: www.gamcheon.or.kr

· 한국식 스킨케어 10단계 따라 하기 ·

- **1단계 : 오일 클렌저**
  오일 클렌저를 물기 없는 피부에 둥글게 마사지하듯 문지르며 화장을 지운다. 따뜻한 물로 씻어낸다.

- **2단계 : 클렌징 폼 또는 클렌징 젤**
  얼굴에 물을 묻힌 뒤, 클렌징 폼 또는 젤을 한 번만 펌핑해서 얼굴에 마사지하듯 문지른다. 따뜻한 물로 씻어낸다.

- **3단계 : 각질 제거**
  스크럽 제품이나 필링 젤을 얼굴에 점 찍듯 올리고 손끝으로 둥글게 문질러 마사지한 뒤 씻어낸다(일주일에 1~3회).

- **4단계 : 토너**
  토너는 피부에 남아있을지 모를 클렌저나 스크럽 잔여물을 제거하기 위해 사용한다. 화장솜을 이용해 얼굴을 닦아준다.

- **5단계 : 에센스**
  에센스는 수분 공급을 증가시켜 줄 유효 성분이 포함된 액체류 제품이다. 얼굴 위에 점 찍듯 바르고, 가볍게 두드려 피부에 흡수시킨다.

- **6단계 : 세럼**
  한국의 세럼은 비타민 또는 산이 함유되어 피부 재생에 도움을 주는 농축액이다. 얼굴 위에 점 찍듯 올리고 부드럽게 펴 바른다.

- **7단계 : 마스크팩**
  유효 성분이 가득한 종이 혹은 섬유 마스크팩을 얼굴 위에 올리고 15분 정도 그대로 둔다.

- **8단계 : 아이크림**
  눈 아래에 아이크림을 점 찍듯 바른다.

- **9단계 : 로션**
  얼굴에 점 찍듯 로션을 올리고 마사지하듯 문질러 피부에 수분을 공급한다.

- **10단계 : 자외선 차단제**
  얼굴에 점 찍듯 바르고 가볍게 두드려 흡수시킨다.

한국 여자들이 피부가 그토록 좋은 또 다른 이유는 음식일 것이다. 그들은 대부분 채소와 과일, 뿌리채소 그리고 국물을 먹고, 고기나 다른 형태의 단백질은 소량만 섭취한다.

처음 한국에 왔을 때 난 얼굴 마사지를 받기 위해 한국에서 가장 큰 스킨케어 매장인 강남 설화수 플래그십 스토어를 방문했다. 그곳의 모든 제품은 안티에이징에 효과가 있는 한국의 약초 인삼을 함유하고 있다. 매장에는 창업자 서성환 선대회장의 어머니가 1930년대에 만들었던 최초의 크림과 로션이 전시되어 있었다. 이곳에서 마사지를 받은 경험에 대해 내가 하고 싶은 말은 분명하다. 이곳을 나올 때 내 모습은 스물다섯 살 같았고 내 걸음은 마치 공중에 뜬 것처럼 가벼웠다는 것이다.

한국인들은 스킨케어에 관한 한 과감한 편이라, 상상도 못 할 재료를 사용하기도 한다. 당신은 자신도 모르는 사이 이런 제품을 욕실 선반 올려놓거나 자신의 얼굴에 바르게 될지도 모른다. 당나귀 젖 보습 크림? 있다! 해마? 당연히 쓴다! 연구에 따르면 해마는 노화 방지와 항염증 성분을 함유하고 있다. 제주도에는 세계에서 가장 큰 해마 양식장이 있다(8장 참고). 나는 영광스럽게도 설립자 노섬 씨와 함께 시설을 둘러볼 기회가 있었는데, 노섬 씨는 먼저 약의 재료로 해마를 연구하다가 그 연구 결과를 스킨케어 분야에 적용해 라리타라는 화장품 브랜드를 만들고 제주도에서 생산하고 있다. 그는 원래 피부가 너무 민감해 고생하는 자기 부인을 위해 해마 추출물 크림과 마스크팩을 만들었다고 말했다. 그의 부인도 직접 만났는데, 그녀의 얼굴은 잡티 하나 없이 깨끗했다. 또한 50대라는 실제 나이와는 달리 서른 살 정도밖에 되어 보이지 않았다.

해마는 제주 바닷물을 담은 수백 개의 수조 속에서 양식된다. 그런 다음 말리고 정제하고 해양 콜라겐 등 다른 재료들과 혼합해 항산화 크림과 마스크팩으로 만든다. 당연히 난 제품들을 직접 써보고 싶어 죽을 지경이었다. 얼굴에 올린 제품의 느낌은 얇고 촉촉한 것이 마치 벨벳 같은 제주 바다를 그대로 가져온 것 같았다. 내 피부는 전에 없이 부드러워졌다.

해마로 충분하지 않다면, 완벽한 피부를 위한 황금 마사지는 어떤가? 24K 진짜 금박 마스크와 세럼을 이용한 한국식 얼굴 마사지다. 마사지사들은 금이 독소를 제거하고 피부를 조여준다고 주장한다(이를 뒷받침하는 임상 연구 결과는 없다).

내 임무를 다하기 위해서 빠뜨려선 안 될 것이 하나 더 있다. 바로 질을 통한 '얼굴 마사지'다. 중요 부위에 허브 증기를 쐬어주는 방식인데, 생리통 완화에도 도움이 된다고 한다. '찜질방'의 목욕탕에서 받을 수 있는 이 마사지는 진정 용감한 자만이 도전할 수 있을 것이다.

설화수 플래그십 스토어
주소: 서울 강남구 신사동 도산대로 45길 18
홈페이지: www.sulwhawoo.com

바비 마니아와 뱀파이어 키스

어렸을 때 난 바비 인형을 가지고 노는 것을 좋아했다. 전 세계 수백만 아이들이 그랬을 것이다. 난 바비를 가지고 선생님이었던 엄마 흉내를 내면서, 선생님 놀이를 했다. 옷 갈아입히는 것도 좋았다. 나와 내 친구들은 상상력을 발휘하여 아기자기한 상황과 이야기들을 만들어 냈다. 바비는 우리 여섯 살 꼬마들의 아바타였다. 하지만 그 후 우리는 자라나 어른이 되었다.

성인이 된 후 나의 첫 번째 직업은 영화 제작자였다. 나는 니콜라스 케이지와 함께 컬트 영화의 고전이 되어버린 〈뱀파이어 키스〉를 제작했다. 니콜라스 케이지가 맡은 가장 가공할 역할 중 하나였다. 그때만 해도 나는 다양한 나이대의 수백만 여성들, 특히 한국 여성들이 내 어린 시절 아바타를 닮기 위해 성형 수술을 받을 것이라고는 상상도 하지 못했다. 또한 자신의 피를 (혈장을 추출한 후) 자기 얼굴에 다시 주사해서 콜라겐 생성을 돕는 뱀파이어 얼굴 마사지가 전 세계 뷰티 산업에 혁명을 일으킬 것도 상상하지 못했다!

한국은 전 세계에서 인구당 성형 수술률이 가장 높다. 갤럽 조사에 따르면, 19세에서 29세 사이 한국 여성 세 명 중 한 명이 성형 수술을 받는다. 한국이 수용을 강조하는 불교의 나라임을 생각하면 아이러니한 현상이라고 할 수 있다. 한국의 여성들은 기대 수명이 전 세계에서 가장 길고, "불완전한 것이 완전한 것"이라는 생각이 이 나라의 기본 사상이다. 그럼에도 불구하고 서울 지하철은 수술 전후 사진을 보여주며 바비 인형처럼 완벽하고 영원히 늙지 않는 얼굴을 홍보하는 성형 수술 광고물로 도배가 되어있다. 한국 사회에 존재하는 이 젊은 외모에 대한 압박은 강렬하기에 그만큼 해롭기도 하다.

한국의 성형 수술 열풍은 한국 전쟁 이후 UN과 미군 의사들이 전쟁 피해자들에게 재건 수술을 해주면서 시작되었다. 그 후 수술은 급증했고, 현재는 경쟁이 심한 취업 시장과 K-팝, K-드라마 등이 주도하는 '한류'가 수술 증가에 영향을 주고 있다. 스타들이 수술을 하면 팬들도 따라 하기 때문이다. 오늘날 한국에서 가장 인기 있는 성형 수술은 쌍꺼풀 수술, 광대와 턱 깎기, 가슴 확대 수술과 코 성형이다.

지금은 외국인들도 성형 수술을 받기 위해 한국에 온다. 획기적인 기술과 절개를 최소화하는 방식 때문이다. 성형 관광객이 너무 많다 보니 인천 국제공항은 공항 터미널 내에 성형 수술 센터를 여는 방법을 생각하기도 했다(의사들은 이런 생각에 반대했다. 수술 후 관찰이 필요한 환자들이 바로 비행기에 탑승하면 안 되기 때문이다. 비행 시 기압 차이 때문에 봉합 부위가 벌어질 가능성도 있다).

어린 시절 나는 할머니를 좋아했다. 할머니는 자연스러운 아름다움을 지닌 분이셨다. 늘 운동을 하셨고 건강한 음식을 드셨으며, 비누와 물로만 얼굴을 씻으셨다. 머리가 하얗게 세면서 금발로 염색을 했지만, 아름다움을 위한 인위적 노력은 그것이 다였다. 지긋한 나이가 되어 돌아가실 때까지도 할머니는 아름다웠다.

몇 년 전, 주기적으로 보톡스를 맞는 내 여동생이 내게도 한 번 맞아보라고 사정을 했다. 내 눈 사이의 주름을 도저히 못 봐주겠다는 이유였다! 나는 내 얼굴의 주름은 내 삶이 만든 것이라고 강력하게 맞섰다. 할머니를 기억해 보라고도 말했다. 하지만 동생은 끈질겼고 난 무너지고 말았다. 나는 결국 보톡스를 맞았는데, 딱히 달라진 점을 느낄 수 없었다.

하지만 사건은 다음 날 아침 벌어졌다. 내 눈 아래에 커다란 액체 덩어리가 생긴 것이다. 내가 대체 무슨 짓을 한 것인가? 난 여동생에게 전화를 걸었고, 동생은 곧 괜찮아질 거라고 나를 안심시켰다. 동생의 말은 사실이었다. 난 2주 후 원래 얼굴을 되찾았다. 이것이 미용 시술과 관련된 내 유일한 경험이고, 다시는 하지 않을 것이다.

물론 나이가 들면서 주름이 느는 것이 눈에 보이고, 요즘은 턱이 영 고민이기도 하다. 이중 턱이 돼버린 것 아닌가? 팔다리의 갈색 점들은 대체 어디에서 온 것일까? 이러다 달마티안이 되는 것은 아니겠지? 난 얼굴과 몸에 일어나는 변화를 매일 보고 있지만, 한국 불교가 준 수용과 만족의 가르침을 따르기로 했다. 뱀파이어 얼굴 마사지 대신 차가운 연못이나 바다에 뛰어드는 것이 낫다. 피부를 조여주고 반짝이게 해줄 뿐 아니라, 내 몸 전체에 활기를 줄 것이기 때문이다.

20살 때 같은 모습을 되찾아 줄 빠르고 지속 가능한 방법 같은 것은 없다. 난 차라리 내 삶의 순간순간을 받아들이고 "우리는 지금 행복하다"고 한 현명한 스님의 말씀을 되새기기로 했다.

많은 한국인 10대와 젊은 여성들이 바비 인형처럼 되고 싶어 한다는 기사를 읽을 때면 슬퍼진다. 우리의 본래 얼굴과 몸은 우리 고유의 것이고 다른 사람과 우리를 구분해 준다. 성형 광풍은 모든 사람을 똑같은 모습으로 찍어내고, 그 흐름을 멈추지 못하면 우리는 결국 지문으로 남과 구분되는 세상에서 살게 될 것이다. 나는 이런 흐름이 누그러져, 아름다움을 향한 한국인들의 열망이 건강에 대한 관심으로 전환되기를, 그리하여 신체의 조화를 추구하는 전통 방식들을 소환하기를 소망한다.

차라는 묘약

한국인들이 피부가 좋고 건강한 또 하나의 비결은 차일 것이다. 나는 영국 여행을 여러 차례 다니며 차 마시는 법을 배웠다. 하지만 한국에서 차를 마시는 것은 완전히 다른 경험이다. 영국 스타일과는 분명히 달랐다.

해마 차를 마신다는 것을 상상해 본 적 있는가? 난 마셔봤다. 놀랍게도 상쾌하면서도 세련된 맛이었다. 허브 향, 어쩌면 약간의 단맛이 느껴지기도 했다. 적극 추천할 만한 맛이다!

한국의 많은 차들은 한국에서만 구할 수 있는 나무와 뿌리 그리고 허브로 만들고, 그 치료 효과 때문에 귀한 취급을 받는다. 사람들은 하루의 시작과 끝에 차를 마시고, 명상 전에도 마시며, 휴식을 취할 때 힐링을 위한 음료로 마시기도 한다. 매실차는 가장 대중적인 차 중 하나로, 식후에 마신다. 한국인들은 매실이 피로를 덜어주고 해독제로 작용한다고 믿는다. 대추차 역시 인기가 좋은데, 감기를 예방하고 열을 내리는 데 효과가 있다고 여겨진다.

내가 제일 좋아하는 것은 소나무 잎으로 만든 '솔잎차'다. 서울에서 가장 오래된 찻집에서 처음 맛을 보았는데, 맑고 산뜻한 시트러스 맛에 익숙한 소나무 향이 묻어있었다(솔잎차는 평범한 카페보다 대개 전통 찻집에서 판매한다). 한국 소나무의 신선한 잎, 말린 잎 혹은 발효시킨 잎으로 만드는 솔잎차는 신선한 오렌지 주스 한 잔보다 4배 많은 비타민 C를 함유하고 있고, 비타민 A 함유량 또한 높다. 솔잎차는 충혈제거제로 사용되며 목이 아플 때도 효과가 좋지만, 임신부는 섭취하지 않는 것이 좋다. 나는 뜨거운 여름날 등산을 하다가 아이스 솔잎차를 마셔본 적도 있는데, 믿을 수 없을 정도로 상쾌한 느낌이었다. 신경숙 작가는 솔잎차를 한 모금 마시면 깊은 숲속 절에 들어온 느낌이 든다고 한다.

허브와 다이어트

한국인의 기대 수명은 여성의 경우 90세를 향해 가고 있고 남성의 경우 84세 가까이 된다. 세계 어느 나라보다 높은 수치다. 그 이유 중 하나는 한국인의 식탁에서 찾아볼 수 있다. 앞서 언급한 발효시킨 절임 배추 요리, 즉 김치다. 김치는 비타민으로 가득하고 프로바이오틱스도 풍부해 소화에 도움을 준다. 최근에는 헬스닷컴Health.com에서 세계에서 가장 건강한 음식으로 뽑히기도 했다.

사실 또 다른 비밀 병기가 있다(김치 하나에서 멈출 필요가 있겠는가?). 뿌리를 먹는 허브인 한국의 인삼은 1장에서 맛있는 수프 조리법을 소개할 때 한 번 등장한 바 있다. 인삼은 생으로 먹기도 하고 가루로 만들어 먹거나 차로 마시기도 하는데, 허브계의 맥가이버 칼 같은 존재다. 간의 기운을 북돋우고 면역력을 강화하며 피로를 풀어주고 염증을 줄여준다. 남성들의 경우 발기 부전을 치료하는 데에도 도움이 된다고 한다.

한국에서도 서양 약이 널리 사용되고 있지만 한국인들은 특히 가벼운 질병에 시달릴 때 여전히 전통적인 약, 즉 '한약'을 찾는다. '한의학'은 신체에 대해 전체적 접근법을 취하고, 허브를 다양하게 조합한 치료약(차, 가루, 연고의 형태)과 침술로 병을 치료한다. 처음에는 중국 전통 의학의 영향을 받았지만, 여러 세기를 거치며 나름의 방법과 방식을 발전시켰다.

내 동료인 수는 어린 시절 한국에서 살 때, 한약 약재상이나 침술사를 꽤 자주 찾아갔다고 했다.

"한국 사람들은 건강에 심각한 문제가 있거나 사고를 당하거나 아니면 어딘가 부러졌을 때 병원에 가는 것 같아요."

그녀의 분석은 이러했다.

"약재상을 찾는 경우는 보통 가벼운 문제에 직면했을 때예요. 아니면 살을 빼고 싶다든가 건강한 생활 방식이나 식단을 유지하기 위해서 한약을 먹기도 하죠."

수는 약재상이 처방할 수 있는 한약의 종류는 무궁무진하다고 했다.

"수사슴 뿔부터 곰의 쓸개, 인삼, 생강, 온갖 종류의 식물과 희한한 것들이 다 쓰여요. 어떻게 혼합하느냐가 문제인 것 같아요. 환자마다 자신에게 맞는 약을 처방받거든요. 사람과 상황에 따라 재료가 달라지죠."

한국에서 웰빙 여행을 하려면 가봐야 할 곳이 한 군데 더 있다. 산청에 있는 동의보감촌이라는 테마파크인데, 이곳의 '테마'가 바로 한방약이다. 한방 '기(생명의 기운)' 체험 센터에서는 자기 몸에 흐르는 기운을 정비해 볼 수 있고, 한의학 박물관에서는 한국 의학의 5,000년 역사에 대해 배울 수 있다. 구경이 끝나면 약초로 만든 식사도 해보기를 권한다.

산청 동의보감촌
주소: 경남 산청군 동의보감로 555번길 45-6
홈페이지: www.donguibogam-village.sancheong.go.kr

몸과 숨

난 늘 탐색 안테나를 바짝 세우고 다니는 편이다. 여행을 할 때는 더 그렇다. 새로운 발견을 하나도 놓칠 수 없기 때문이다.

어느 날 오후 나는 문래동이라는 동네를 산책했다. 한때 서울의 공장지대였지만 지금은 아트 갤러리, 부티크, 레스토랑 등이 가득한 트렌디하고 멋진 동네다. 그런데 어느 순간 작은 하얀색 건물 하나가 내 눈길을 사로잡았다.

창으로 안을 들여다보니, 사람 모양의 새하얀 세라믹 조각들이 각기 다른 자세를 취한 채 한 줄로 쭉 서있었다. 뭘까? 병원인가? 다양한 자세의 사람 몸을 그린 포스터도 보였다. 난 그곳이 아주 멋진 요가 학원일 것이라고 짐작했고, 요가를 하는 사람으로서 그런 곳을 그냥 지나칠 수는 없었다.

건물 안에 들어서서 보니 그곳은 요가를 하는 곳이 아니었다. 국선도 수련원이었다. 선도라고 부르기도 하는 이 도교의 전체적 명상법은 몸과 마음과 정신을 발달시키는 동작과 함께 '기의 중심인 깊은 복부 호흡'을 이용한다. 요가와 닮은 점이 많은 것 같아 나는 금세 흥미를 느꼈다. 마침 곧 시작하는 수업이 있어서, 난 허락을 구해 수업에 참여하기로 했다. 수련복(무술을 배울 때 입는 것과 비슷한 상의와 바지)은 그곳에 구비된 것을 빌려 입었다.

수업이 시작되기 전 난 수련원 책장을 자세히 살펴보았는데, 순간 한 가지 생각이 머리를 스쳤다. 내가 1만 년 가까이 된 이 수련법을 발견한 최초의 서양인일 수도 있다! 나는 나다운 행동을 하기로 했다. 살 수 있는 책은 모조리 다 사고, 두 팔은 포스터로 가득 채웠다. 하얀 조각품도 하나 사려고 했지만, 판매용이 아니라 살 수 없었다. 난 친구들에게 이곳에 대해 말하고 싶어 입이 근질거렸다. 요가는 이미 몇십억 달러 규모의 산업이 되었다. 국선도가 그 뒤를 이을 수도 있다!

수업에 들어가기 전 난 조그만 수련복 안에 몸을 쑤셔 넣었다. 엉덩이가 겨우 가려질 정도였다. 방으로 들어가면서도 혹시 바지 솔기가 터지지 않을까 걱정이 되었다. 방 안에는 고급 단계 수련생 10명이 있었다. 수업은 한국어로 이루어졌기 때문에 나는 다른 사람들을 보며 따라 움직여야 했다. 수련생들이 오뚝이 인형처럼 데굴데굴 바닥을 구르기 시작하는 순간, 난 선도는 요가와 전혀 다르다는 사실을 깨달았다. 동작이 너무 특이하다고 생각했지만 난 즉시 그들을 따라 했다. 숨을 쉬면서 자세를 잡아 움직여야 하는데 난 그저 되는대로 구르기만 할 뿐이었다.

어찌어찌 한 시간 수업이 끝났다. 난 땀범벅이 됐지만 적어도 수련복이 찢어지지는 않았다. 가장 걱정했던 일은 일어나지 않은 것이다. 동작을 완벽히 익히지는 못했지만 난 이 고대의 명상 기술을 발견한 것만으로도 충분히 짜릿했다.

난 수련원을 나서자마자 친구 경숙의 집으로 향했고, 우린 함께 저녁을 먹었다. 그녀도 나처럼 꽤 오랫동안 요가를 했다. 난 조금 전 사 모은 것들을 자랑스럽게 내보이며 수업에 들어가 한 동작이라도 제대로 따라 하려 안간힘을 쓴 이야기를 들려주었다.

"솔직히 바짓가랑이 솔기가 터질 줄 알았어요."

내 고백에 경숙이 웃음을 터뜨리더니 그칠 줄을 몰랐다.

"바버라, 당신 말대로 국선도는 아주 오래된 수련이지만 지금은 하는 사람이 많이 없어요."

경숙이 마음을 달래주는 따뜻한 차를 건네며 말했다. 우리는 내 새로운 모험 이야기 덕분에 쉴 새 없이 웃음을 터뜨리며 즐겁게 식사를 했다.

치유의 숲

알다시피 한국은 활동적인 것을 중시하고, 그러다 보니 등산은 국민 취미 활동이 되었다(5장 참고). 자연의 치유적 가치를 잘 아는 한국인들은 자연을 가까이하는 또 하나의 기발한 방법을 생각해 낸다. 전국에 치유를 위한 생태숲을 조성해 누구나 산림욕을 편하게 즐길 수 있도록 하는 것이다.

부산 아홉산 산자락에 위치한 치유의 숲은 2017년 문을 열었다. 목적은 이름에 쓰여있는 그대로, 치유를 위한 공간을 제공하는 것이다. 숲 안에는 산책로가 여러 개 있고, 차를 마시거나 명상을 하거나 가이드와 함께 거닐며 치료 효과가 있는 식물에 대해 배우는 등 여러 가지 프로그램도 준비되어 있다.

산림욕을 할 때 중요한 것은 천천히 걷는 것이다. 그래야 오감을 깨우고 심호흡을 하고 아름다운 풍경도 감상할 수 있다. 천천히 걷기는 누구나 쉽게 할 수 있지만, 그로부터 얻는 이득은 엄청나다. 연구에 따르면, 숲에서 시간을 보내면 스트레스가 줄고 면역력이 강화되며 행복과 긍정적인 기분을 느낀다. 소나무 향으로 포장된 값진 선물을 자신에게 주는 것이다.

• 웰빙에 대한 가르침 •

무엇을 먹느냐가 건강을 좌우한다. 건강하게 오래 살고 싶다면, 건강하게 먹어라.
스킨케어는 일상이 되어야 한다.
차에는 치료 효과가 있다. 마음을 안정시키고 몸을 해독한다.
산림욕을 가라. 면역력이 증가하고 몸과 마음이 모두 행복해진다.
마사지나 사우나는 사치가 아니라 매주 즐기는 활동이 되어야 한다. 혈압이 낮아지고
엔도르핀이 증가하며 스트레스와 긴장이 감소할 것이다.
웰빙은 유행이 아니다. 평생 꾸준히 실천하라.
야외 활동은 어떤 것을 즐기든 건강과 장수를 위한 필수 요소다.

김치
Kimchi
김치

이 조리법을 가르쳐 준 사람은 내 동료인 수의 어머니 이동경 님이다. 재미있게도 그녀는 처음에는 김치를 별로 좋아하지 않으셨다고 한다.

"난 엄마의 경상도 스타일 배추김치를 먹으며 자랐어요. 여러 종류의 젓갈을 사용해서 엄청 짰죠. 난 울산 출신이에요. 경상도에 있는 항구 도시인데 그곳 특산물이 젓갈이거든요. 오징어, 굴, 멸치, 생선알 등 각종 해산물을 어마어마한 양의 소금과 함께 발효시켜 만들죠. 이 인기 반찬은 한 번 먹기 시작하면 멈출 수가 없다고 해서 '밥도둑'이라고 불러요. 젓갈이랑 밥을 먹으면 자기도 모르는 사이 밥을 몇 그릇이고 먹게 되거든요.

배추김치는 집집이 다 다른 건 물론이고 지역마다 완전히 다른 조리법을 사용해서, 서로 자랑을 한답니다. 전통적인 경상도 김치는 젓갈을 사용하기 때문에 전국에서 가장 짠 것이 특징이에요.

나는 해산물도 좋아하고 해산물 향이 밴 배추김치도 좋아하지만, 그 독특한 뒷맛은 호불호가 갈리는 편이에요. 엄마한테는 한 번도 말하지 않았지만, 난 사실 그 뒷맛을 전혀 좋아하지 않았어요.

그래서 결혼한 후엔 김치를 안 만들기로 했죠. 김치 만드는 게 얼마나 길고 힘든 과정인데, 좋아하지도 않으면서 그런 고생을 할 필요가 있나요? 그런데 어느 날 언니 집에 갔다가 언니가 집에서 만든 배추김치를 먹게 됐어요. 엄마가 만든 것이랑 너무 달라서 깜짝 놀랐죠. 언니는 남쪽의 또 다른 지역 출신 남자랑 결혼했는데 거기가 워낙 음식으로 유명한 곳이라, 그 지역 재료와 조리법을 좀 빌려 왔대요. 그렇게 해서 경상도 김치 특유의 뒷맛을 제거한 거죠. 언니 김치는 상큼하게 톡 쏘는 독특한 맛이 있어서 입맛을 깔끔하게 씻어주더군요. 계속 김치로 손이 가는 것을 멈출 수가 없었어요.

언니는 내게 조리법을 가르쳐 주었고 난 몇 년에 걸쳐 내 가족들 입맛에 맞게 조금씩 변형을 주었답니다. 지금의 조리법은 한국의 각기 다른 여러 지역 문화와 내 개인의 취향이 여러 해 동안 조금씩 수정을 거치며 완성된 거죠.

　김치를 담그고 발효시키는 과정은 복잡하기로 유명해요. 혼자 할 수 있는 일이 아니죠. 예전에는 여러 세대의 가족 구성원들이 모두 모여 함께하는 집안 행사였어요. 내 조리법은 많이 간소화되긴 했지만, 여전히 엄두가 안 날 거예요. 하지만 진짜 필요한 것만 남긴 것이니 이보다 간단한 방법은 없을 거예요!"

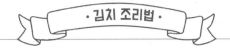

·김치 조리법·

재료

(김치 15kg. 이것보다
적은 양을 만들려면
발효시킬 배추 개수로
재료를 나누어 계산하시오)

중간 크기 무 5개
중간 크기 배추 10개(씻지
않은 상태)
찹쌀풀
말린 사과 3개(얇게 썰기)
말린 표고버섯 10개
씨 빼고 말린 대추 10개
말린 무 100g
말린 다시마 100g
찹쌀가루 500g

새우 반죽 양념장

마늘 10뿌리(껍질 벗긴 것)
양파 5개(껍질 벗겨 4등분)
생강 50g(껍질 벗긴 것)
한국 배 2개(속심 제거)
새우젓 300g
냉동 생새우 20개
(껍질 벗긴 것)
까나리 액젓 500ml
굵은 고춧가루 1.5kg

양념

파 20개
쪽파 20개

첫째 날(늦은 오후 혹은 이른 저녁에 시작)

01. 먼저 무를 깨끗이 씻어 8등분으로 썰고, 소금 200g과 함께 커다란 그릇에 담는다. 소금이 골고루 밸 수 있도록 3시간에 한 번씩 뒤섞어 주면서, 하룻밤(12시간) 그대로 둔다.

02. 배추는 소금에 절이기 전까지 씻지 않는 것이 중요하다. 배추를 세로로 잘라 반으로 가르고 소금물로 가득한 커다란 통에 12시간 동안 재운다. 소금물은 바닷물 정도 짜기로 한다. 6시간이 지나면 배추를 한 번 뒤집어 골고루 절이도록 한다.

03. 기다리는 동안 커다란 냄비에 물 2리터를 붓고 끓인다. 말린 사과, 표고버섯, 대추, 무, 다시마 등 모든 재료를 넣고 10분 동안 익힌다.

04. 냄비를 불에서 내리고 재료가 우러나게 그대로 둔다. 밑 국물이 완성되었다.

05. 국물이 다 식으면 구멍 뚫린 스푼을 이용해 재료를 모두 건져낸다.

06. 밑 국물 한 국자를 떠낸다. 나중에 사용해야 하니 따로 보관한다.

07. 남은 밑 국물에 찹쌀가루를 넣고, 죽처럼 끈적해질 때까지 잘 젓는다. 이렇게 찹쌀가루가 섞인 물을 한 번 끓였다가 하룻밤 그대로 두어 식힌다. 냉장고에 넣으면 안 된다. 이 끈적이는 찹쌀풀은 1리터 정도 사용하게 될 것이다.

둘째 날

08. 다음 날이 되면 무를 체에 담아 싱크대 위에 놓고, 물이 빠지도록 둔다.

09. 배추를 깨끗이 씻고 역시 체에 담아 1~2시간 정도 물을 뺀다.

10. 기다리는 동안, 양념장을 만든다. 마늘, 양파, 생강과 배를 믹서기에 넣고 새우젓과 냉동 생새우도 모두 넣는다. 따로 떠 놓은 밑 국물 100ml를 재료에 붓고, 낟알이 많은 반죽 상태가 될 때까지 믹서기를 돌린다.

바다 소금(김치에 들어가는 유일한 소금)

도구
염장에 사용할 큰 그릇 2개
믹서
발효 과정에 사용할 크고 깨끗한 플라스틱 통 3–4개
(5kg, 식기세척기에 넣어 살균하거나, 깨끗이 설거지한 뒤 선반에 넣어 말린다)

11. 반죽이 된 재료를 큰 그릇에 떠 담고 까나리 액젓, 굵은 고춧가루, 찹쌀풀을 넣어 섞어준다. 너무 되면 밑 국물(혹은 그냥 물)을 조금씩 부어가면서 케첩과 비슷한 농도가 될 때까지 젓는다.

12. 파와 쪽파를 새끼손톱 크기로 잘게 썰어 새우 반죽 양념장에 더해 넣는다.

13. 양념장에 짠맛이 부족하면 소금을 추가한다. 평소 좋아하는 김치 맛보다 조금 짜게 느껴진다면, 제대로 된 것이다.

14. 물로 씻은 배추를 그릇 안에 넣고 양념장을 고르고 꼼꼼하게 문질러 바른다(무에는 양념장을 바르지 않는다).

15. 이제 발효 과정을 진행하기 위해, 플라스틱 통을 채운다. 먼저 잘라놓은 무를 한층 깔고, 그 위에 배추를 쌓는다. 1통이 다 찰 때까지 같은 과정을 되풀이한다.

16. 배추의 질긴 겉잎은 뚜껑을 닫기 전 제일 위에 덮어준다.

17. 김치를 상온에 둘 경우 1주일 후 확인해 보라. 시큼한 향이 강하게 나기 시작하면 발효가 된 것이니 먹어도 좋다. 냉장고에 넣을 경우 발효가 완전히 끝나려면 한 달 정도 걸린다.

08
자매애 Jamae-ae

제주도

제주도로 가자!

제주도는 청정한 자연으로 유명한 한국의 섬으로 인기 관광지이기도 하다. 대한해협에 위치해 서울에서 비행기로 1시간이면 갈 수 있는 제주도는 아름다운 해변과 용암 절벽이 있는 화산섬이다. 산속으로 들어가면 웅장한 폭포와 깊은 웅덩이도 있다. 한국의 하와이라 불리는 이 섬은 봄과 여름이 되면 벚꽃으로 가득하고 울긋불긋한 철쭉도 만발한다. 제주도에는 전 세계에서 가장 독특한 지하 동굴로 평가받는 용암 동굴도 있다. 30만 년 전 화산에서 나온 용암이 바다로 흘러가면서 땅 밑에 둥근 관 모양의 동굴을 형성한 것이다. 벽이나 천장 중 일부분은 여러 색깔의 탄산염 침전물로 덮여있어, 마치 자연이 그려낸 화려한 벽화로 둘러싸인 듯

했다.

　난 친구 경숙과 함께 제주도를 여행했는데, 도착하는 그 순간부터 놀라움이 시작되었다. 난 제주도를 작은 외딴섬 정도로 생각했는데, 비행기에 내려 마주한 제주도의 중심 도시 제주시는 번창하고 성장하는 세련된 대도시였다. 우린 그곳에서 렌터카를 빌려 한적한 시골로 향했다. 고층 건물과 아파트, 식당, 호텔, 관광지 등이 점점 멀어지며, 내가 상상했던 것과 비슷한 제주도의 모습이 나타나기 시작했다. 에메랄드색 잔디와 유채꽃밭, 만개한 벚꽃과 바다 밖으로 툭 튀어나온 화산암 지형 등이 보였다. 우리는 챙 넓은 면 모자를 쓰고 오이와 파파야를 따는 여자들 곁을 지났다. 밭에는 현무암 벽이 둘려있었는데, 강한 바람으로부터 작물을 보호하기 위한 것이라고 한다.

　우리는 섬 반대편의 작은 호텔에 도착해 짐을 풀고, 아담한 집들이 모여있는 마을로 산책을 나섰다. 딸기 같은 핑크색, 피스타치오를 닮은 초록색, 레몬 같은 노란색 등 아이스크림색으로 칠해진 벽들이 이어졌다. 작은 잔디밭은 바다가 이곳 사람들의 삶의 일부임을 증명하듯, 화려한 색의 타일과 조개껍데기로 장식되어 있었다. 제주 주민들은 하루 중 대부분의 시간을 밖에서 보낸다. 밭일을 하거나 바다 일을 하거나 혹은 그냥 놀더라도 말이다. 밤낮으로 집에 처박혀 컴퓨터나 TV 앞에 앉아있는 제주 사람은 없다. 자연은 그들이 생각할 수 있는 최고의 놀이터이기 때문이다.

　흙길을 따라 걷다 보니, 작은 농장이 나타났다. 흙이 진한 초콜릿색이었다. 허리를 숙여 흙을 한 움큼 쥐어보았다. 감촉이 벨벳처럼 부드러웠다. 제주 농민들은 한국에 유기농법, 공동체가 함께하는 친환경 농법을 들여온 사람들이다. 이곳에 유전자변형 귤이나 유전자복제 귤 같은 것은 없다. 오직 아열대 태양 아래에서 자연이 키워낸 과일과 채소뿐이다.

우리는 그 작은 마을에서 서점을 발견하고는 경숙 작가의 책이 좀 있는지 보기 위해 안으로 들어갔다. 다행히도 반가운 표지들이 눈에 띄었다. 경숙은 괜한 법석을 떨고 싶지 않다고 했지만 난 유명 작가가 서점에 왕림했음을 자랑스럽게 알렸다. 그리고 내 한국인 친구의 품위 있고 겸손한 모습을 또 한 번 목격하게 되었다. 내가 아는 다른 모든 한국인과 마찬가지로 경숙 작가는 겸손한 사람이다. 자기 자랑을 늘어놓는 것은 그녀에게는 불가능한 일이었다. 그녀는 또한 아주 작은 친절에도 늘 감사를 표했다. 그녀는 자신이 쓴 모든 책의 권두 삽화에 다음과 같이 독자들을 향한 메시지를 남겼다.

"당신이 다른 사람들, 친구뿐 아니라 낯선 이에게도 친절을 베풀어 준다면 내게 영광스러운 일이 될 것이다."

한국의 인어

제주도는 여성 잠수부인 '해녀'로 유명하다. '해녀'는 글자 그대로 '바다 여자'라는 뜻이다. 이들은 17세기부터 바다에 들어가 손으로 해산물을 채집했다. 한국에서 가장 건장한 여성들이라고 해도 좋을 이 해녀들은 놀라운 자매애로 똘똘 뭉쳐있다. 이들은 함께 소라고둥, 해삼, 전복, 성게 등을 캐서 시장에 내다 판다. 나는 이 놀라운 여성들을 만나 그들의 긴 생명력과 행복의 비밀을 배우고자 제주로 향했다.

차를 타고 제주 해안도로를 달리던 중, 몇 킬로미터마다 둥근 돌벽이 서있는 게 보였다. 예부터 '해녀'들이 옷을 갈아입을 때 쓰는 '불턱'이라는 곳이었다. 해녀들은 이곳에서 음식을 먹기도 하고 잡아 온 해산물을 한데 모아 나누기도 한다. 사실 지금은 이보다 현대화되어 난방도 되는 오두막을 사용하는데, 이런 오두막에는 바다 풍경이나 해녀의 모습이 그려져 있다.

해녀는 작업 시즌인 3개월 동안 하루 7시간까지 물질을 한다. 잠수복을 입고 오리발을 끼고 물안경을 쓰고 허리에는 잠수를 도와줄 납 벨트를 두르고서, 그들은 수심 5-20m까지 잠수해 들어간다. 한 번 물에 들어가면 2분까지 숨을 참아야 하며 물 위로 다시 올라오면 '숨비소리'라고 하는 독특한 휘파람 소리를 내는데, 이것은 폐 안에 남은 공기를 내뱉고 팀원들에게 자신이 무사히 물 위로 나왔다는 사실을 알리기 위한 것이다. 많은 해녀들이 물에 들어가기 전 용왕에게 기도를 올린다. 상어나 해파리, 폭풍에서 안전하게 보호해 줄 것과 넉넉한 수확을 기원하는 것이다.

잠수부들은 팀을 이루어 작업하는데, ('정'으로 뭉친) 이 작업 공동체는 수확물을 똑같이 나누고 누군가 아프거나 슬픈 일을 당했을 때 서로 도와주며 좋은 일이 생기면 함께 기뻐한다.

해녀는 좋아하는 일을 하는 데 나이는 장애물이 될 수 없다는 사실을 증명해 보인다. 현재 활동 중인 해녀는 대부분 60대지만, 나는 지금도 일을 그만둘 생각이 없다고 말하는 80대 해녀들과 직접 만나기도 했다. 이들은 진정한 끈기의 상징이다.

한국 최초의 워킹맘

전복을 따기 위해 바다에 뛰어든 '해녀'에 대한 최초의 기록은 1629년까지 거슬러 올라간다. 바다와 해양 생물에 대한 이들의 이해는 몇 세대가 아니라 몇 세기의 역사를 가지고 있는 것이다. 1899년 제주에 온 두 선교사는 '해녀'를 보고 감명을 받아 다음과 같은 기록을 남겼다.

"제주의 여성들은 한국의 아마존 여전사라 불릴 만하다. 그들은 모든 일을 다 할 뿐 아니라 숫자에서도 남성을 훨씬 앞선다. 거리를 걷다 보면 여자 셋을 볼 때 남자 한 명 정도를 만날 수 있다. 남자들은 대부분 먼 바다에 나가기 때문이다. 제주 여성들은 육지 여성들보다 더 강하고 훨씬 더 아름답다."

'해녀'들이 물질을 시작한 것은 남자들이 바다에 나갔다가 혹은 전쟁에서 목숨을 잃은 후 가족들을 부양하기 위해서였다. 아내가 남편의 자리를 대신해 위험한 일을 하고, 심지어 임신 중에도 물질을 해야 했다.

그 후 많은 남자들이 일본과 중국에 노예로 잡혀갔고 여자들은 또 다시 홀로 남아 가족들을 먹여 살려야 했다. 한 해녀는 이제 제주도도 남성 인구 비율이 높아졌지만 그래도 남자를 바다에 들어가게 하기는 무섭다고 말했다. 남자는 여전히 너무 귀한 존재라 보호해야 한다는 것이다.

훈련

해녀는 경력에 따라 세 그룹으로 나뉜다. 하군(기술적 숙련도가 가장 낮은 그룹), 중군(중간 그룹) 그리고 상군(가장 숙련된 그룹)이다. '상군'은 풍부한 지혜로 존경받으며 다른 이들을 이끌어 주는 그룹이다. 훈련은 10대에 시작되고 능숙해지기까지 7년 정도 걸린다.

해녀들은 팀을 이루어 일을 하면서 늘 서로를 돌봐준다. 누구든 시간이 다 되었는데도 물 위로 올라오지 않으면 다른 이들이 하던 일을 멈추고 그 해녀를 구하러 나선다.

물 밖으로 올라오지 않아 죽음에 이르는 비극적 상황을 해녀들은 늘 염두에 두고 있다. 지난 10년 동안 55명의 해녀가 물질 중 죽었고, 그중 대다수가 70세 이상이었다.

롤모델

제주 지방 정부는 제주의 상징이라 할 수 있는 이 여성들을 섬의 특성과 제주도민의 정신을 대표하는 인물로 지명했다. 제주도 해녀는 또한 공동체 내 여성들의 지위 향상에 기여했을 뿐 아니라, 친환경적인 어업 방법과 관리 체계로 환경적 지속가능성을 높였다. 해녀들은 해양 생태계를 존중해 제철에만 조업을 하고, 공동체를 유지하는 데 필요한 만큼만 바다로부터 취한다. 그들은 자신들이 남획하지 않기 때문에 바다가 아무런 대가 없이 필요한 것을 계속 제공해 주는 것이라고 설명했다.

내게 가장 강한 인상을 남긴 것은 바로 해녀들의 자매애와 아름다움 그리고 성공이었다. 그들은 정(나보다 우리가 먼저), 한(어려움에 맞서는 투지) 그리고 흥(자연에서 발견한 기쁨)의 원칙에 따라 살아가고 있었다.

나는 영광스럽게도, 남자나 사회에 의해 정의되기를 거부한 이 품위 있고 강한 여성들 중 몇 명을 만나볼 수 있었다. 그들에게는 자신들만의 규칙이 있었다. 정말 최고다!

해녀는 삶의 방식이 독특하고 두려움을 모르는 사람이다 보니 자연히 다수의 K-드라마와 K-영화에 주요 캐릭터로 등장하게 되었다. 〈인어공주〉(2004)는 해녀였던 어머니에 대한 영화이고, 〈계춘할망〉(2016)에는 서울에서 온 반항기 손녀를 상대하는 해녀 할머니가 등장한다.

인어와의 만남

제주에 있는 동안, 활동하는 해녀를 만나고 싶다면 성산일출봉에 올라야 한다. 성산일출봉은 5,000년 전에 형성된 182m 높이의 화산으로 분화구는 숲으로 뒤덮여 있다. 이곳에서는 매일(오후 1:30과 오후 3:00) 해녀 공연을 볼 수 있는데, 해녀들이 전통 노래를 부르고 바다에 들어가 물질을 한 뒤 채집한 해산물을 관객들에게 나누어 준다.

해녀 공연이 끝나면 해녀 박물관으로 가보라. 그들의 역사와 일 그리고 오늘날까지 계속된 바다와의 아름다운 공존에 대해 배우는 것은 매우 감동적인 경험이 될 것이다.

현재 해녀들이 직면한 가장 중요한 문제는 해녀 문화가 점차 사라지고 있다는 것이다. 1965년에는 2만 3,000명이 넘는 해녀가 활동했지만 현재 남아있는 해녀는 3,500명 정도로 추산된다. 이들 중 많은 수가 이 전통이 다음 세대까지 이어지지 못할지도 모른다고 말한다. 자신들의 딸들도 대부분 일자리를 찾아 도시로 떠났기 때문이다. 그들의 생계는 해수면 상승과 어업의 산업화로 인해 점점 더 큰 위협을 받고 있다. 이제 해산물 채취를 위한 물질은 더 이상 필요 없는 세상이 된 것이다. 하지만 용감하고 독립적이며 끈기 있는 그들의 문화는 여전히 세상을 감동시키고 있다.

해녀 물질 공연
주소: 제주도 서귀포시 성산읍 일출로 284-34

해녀 박물관
주소: 제주도 제주시 구좌읍 해녀박물관길 26
홈페이지: http://www.jeju.go.kr/haenyeo/index.htm

인어의 식사

내 인생에서 가장 기억에 남는 식사 중 하나를 꼽으라면 경숙과 제주도에서 함께한 식사일 것이다. 제주는 수정같이 맑은 물 덕분에 질 좋은 해산물을 구할 수 있는 곳이기도 하다.

제주에 머물고 있던 어느 날, 차를 타고 해안도로를 달리는데 경숙의 전화벨이 울렸다. 목소리가 심각해진 것으로 보아 뭔가 잘못된 것 같았다. 그때 갑자기 그녀가 차를 돌렸다.

"문 닫기 전에 그곳에 가야만 해요!"

나는 무슨 상황인지 몰라 어리둥절할 뿐이었다. 몇 킬로미터를 달린 후, 그녀는 낙서로 뒤덮인 낡은 건물로 들어가 차를 세웠다.

"서둘러요! 몇 분 후면 문 닫는대요. 제주도에서 해산물 요리가 제일 맛있는 집이란 말이에요!"

그녀의 뒤를 따라 걸음을 재촉해 들어간 작은 식당 안에는 흔들거리는 의자와 리놀륨 테이블이 가득했다. 벽에는 회반죽이 발려있었다. 무늬가 들어간 머릿수건을 쓴 두 여자가 커다란 연철 화로 앞에서 땀범벅이 된 채 요리하는 모습이 보였다. 우리는 점심을 배불리 먹은 직후였다.

"난 더 이상 아무것도 못 먹겠어요."

내가 창가 쪽 작은 테이블에 앉으며 소리치듯 말했다.

"이 집은 30분 후면 문을 닫는데, 우린 내일 떠나야 하잖아요. 기회는 지금뿐이에요."

경숙이 고집을 부렸다. 주문도 하지 않았는데 잠시 후 테이블 중앙에 가스레인지가 놓였다. 식당의 메뉴가 오직 한 가지기 때문이었다. 곧 국물, 게, 홍합, 전복, 조개, 생선 등으로 가득 찬 해물탕이 커다란 냄비에 담겨 나왔다. 냄비에서 피어오른 향을 맡는 순간 제주의 푸른 바다가 떠올랐다.

　배가 부른 상태였지만 국물 맛을 보는 순간 내 위장은 즉시 음식을 받아들일 준비가 되었고, 나는 입맛을 다시며 식사를 시작했다. 우리 둘 다 마찬가지였다. 잠시 후 직원이 남은 음식을 보말죽 그릇에 섞어 넣었다. 쌀과 보말과 각종 해산물이 뒤섞였다.

　죽을 한 스푼 떠 입 안에 넣었는데, 무엇인가가 해초 맛이 나는 물을 내 혀에 찍 쏘았다. 미더덕이었다. 항암 효과가 있는 성분을 만들어 내는 해양 생물이라고 한다. 쌀과 비단처럼 부드러운 해조류의 식감 그리고 바다를 옮겨놓은 듯한 국물은 분명 내가 지금까지 먹어본 것 중 가장 환상적이었다.

　이번 식사 역시 단순한 음식이 아니었다. 나는 내 입속으로 들어간 각종 해양 동식물이 살고 있는 깨끗한 바다 그리고 제주라는 아름다운 섬을 경험한 것이다.

　보말죽은 평생 잊지 못할 음식이었다. 나는 이것을 다시 먹기 위해 반드시 제주에 돌아오겠노라 다짐했다.

• 자매애가 준 행복으로부터 얻은 가르침 •

해녀는 육체적 작업이나 운동에서 얻을 수 있는 만족 그리고 '한'의 훌륭한 본보기다. 지금 하는 일이 무엇이든 훈련하고 실행하는 데 시간과 노력을 투자하라. 요리든 요가든, 테니스를 치든 개를 훈련시키든 상관없다. 해녀 훈련은 길고 고되지만, 그만한 보상이 따른다. 지금 하려는 일에 해녀 같은 태도로 임하라. 절대 포기하지 마라.

해녀는 팀워크가 성공으로 가는 길임을 보여준다. 서로 존중하고 보살핌으로써(정의 원칙) 우리는 더욱 강하고 모두에게 이로운 사회를 만들어 나갈 수 있다.

만물의 어머니인 자연을 존중해야 한다. 해녀는 바다와 공존하고 어업에 엄격한 제한을 둔다. 땅과 바다를 존중하는 마음으로 지구를 보존하고 회복시키고 기운 나게 하자. 그것이 결국 우리 자신에게 득이 될 것이다.

친구와 함께 여행하라. 여행에 대한 꿈과 소망을 친구와 이야기해 보자. 소파에 앉아서 해도 좋다. 함께 나눈 꿈과 기억은 더 풍부하고 깊어지며 더 오래 남는다.

나이 드는 것을 축복으로 여겨라. 인생 최고의 순간은 아직 오지 않았다. 해녀는 80대가 되어도 바다에 들어간다! 나이 들어가는 자신을 사랑하는 법을 배워라. 나이가 한 살 한 살 많아지는 동안 새로운 모험과 즐거움, 사랑과 열정을 발견하게 될 것이다.

오징어 무국
Ohjinguh moogook

오징어와 무로 끓인 국

숙취 해소에 좋은 음식은 세계 모든 나라에 존재한다. 하지만 김경민 님이 준 이 조리법만큼 독특한 것은 없을 것이다.

"난 어렸을 때부터 오징어를 좋아했어요. 버터를 발라 불에 직접 구운 것이든 양파, 마늘, 파와 함께 프라이팬에 볶은 것이든 모두 좋았죠.

이 요리에서 제일 눈에 띄는 주재료를 제외하고 가장 중요한 재료는 바로 참기름이에요. 거부하기 힘든 독특한 향을 음식에 더해주기 때문이죠.

이것은 대중적인 조리법은 아니에요. 훌륭한 요리사인 저희 어머니께 이런저런 조언을 구해 완성했죠. 어머니는 '손이 크기'로 유명한 분이세요. 어떤 음식을 만들든 온 동네잔치를 해도 좋을 만큼 많이 만든다는 뜻이죠. 나도 어머니의 그런 면을 좀 닮아서, 국을 끓일 때도 오징어 한 마리를 다 쓴답니다. 하지만 오징어 맛에 익숙하지 않은 사람이라면 반 마리 혹은 그보다 적은 양을 쓰는 게 좋아요. 만들고 나니 양이 너무 많다고 생각하시는 분들도 걱정할 필요는 없어요. 이 국은 숙취 해소에 딱이거든요. 거한 파티를 치르고 난 다음 날 아침, 여러분 집에서 자고 일어난 친구들에게 아침으로 대접해 보세요."

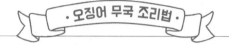

재료

(2인분)

말린 멸치 한 움큼
다시마 한 움큼
굵은 고춧가루 1꼬집
(선택)
식물성 기름 혹은
참기름 1큰술
오징어 1마리(내장
제거 후 깨끗이 씻어
한입 크기로 썰기)
한국산 무 1/3개
(한입 크기로 썰기)
파 1/2개
마늘 3쪽(으깨기)
한국 간장 2큰술
소금 1작은술
후추 1꼬집

01. 먼저 밑 국물을 만들어야 한다. 냄비에 물 1.5ℓ를 채우고 끓인 다음, 말린 멸치와 다시마를 넣는다. 매운맛을 좋아하면 굵은 고춧가루도 추가한다.

02. 5~10분 중불에서 계속 끓이면 국물이 맑은 맥주 색깔로 변한다. 그 상태가 되면 불에서 내려야 한다. 그러지 않으면 다시마가 젤리 상태가 되어 국물이 끈적해지기 때문이다. 또 다른 방법은 모든 재료를 미지근한 물에 담그고 1시간 동안 그대로 두는 것이다.

03. 국물이 끓는 동안 (혹은 재료를 우리는 동안) 강불에 큰 냄비를 올리고 기름을 두른 뒤, 썰어놓은 오징어와 무를 넣어 볶는다.

04. 무가 투명하게 변하고 오징어에서 불그스름한 물이 스며 나오면, 밑 국물 700㎖를 붓고 끓인다.

05. 파와 으깬 마늘을 냄비에 넣어 섞고 몇 분 더 끓인 뒤 간장, 소금, 후추로 간을 한다.

서울 동대문 시장

09
쇼핑 참선 Shoping chamsun

생각하며 쇼핑하기

난 쇼핑을 좋아한다. 하긴 안 좋아하는 사람이 있을까? 사실 난 지난 몇
년 동안 큰 변화를 겪었다. 기쁜 마음으로 밝히건대, 난 너무 많은 것을
사는 만성적 쇼핑중독자였지만 지금은 좀 더 생각이 깊고 배려심 있는
안전한 쇼핑객이 되었다(안전하다는 것은 빚을 지지 않는다는 뜻이다).

쇼핑중독자에게 값싼 물건의 유혹보다 위험한 것은 없다. 한국 시장에
서 가격이 싼 아기자기한 장신구나 선물들을 발견하면 난 미친 듯 모든
것을 사들일 수도 있다. 수십 개를 사봤자 계좌에 흠집 하나 나지 않을 테
니 말이다. 하지만 최근 나는 한국을 떠오르게 할 특별한 한 가지 물품,
오직 그곳에서만 살 수 있는 물건을 찾아서 나에게 선물처럼 사주려고

노력한다.

난 이런 나의 태도를 쇼핑 참선이라 부르기로 했다. 한국의 참선 수행자들은 질문 혹은 이야기라는 의미의 '화두'에 대해 명상한다. "이것은 무엇인가?"라는 질문은 더욱 균형 잡히고 통찰력 있는 존재가 되기 위해 자신에게 던져야 할 가장 중요한 질문 중 하나다. 과거의 나는 쇼핑에 중독되어 옷, 신발, 선물 그리고 필요하지도 않은 수많은 '물건'을 샀지만, 현재의 나는 무엇인가를 볼 때 이렇게 묻는다.

"이것은 무엇인가?"

지금 나에게 쇼핑은 보는 것도 포함된다. 진열창 물건들을 구경하고, 옷을 입어보고, 나 자신에게 질문을 던지고, 가격에 대해 생각해 보는 것이다. 이 단순한 리넨 블라우스가 정말 50만 원의 가치가 있을까? 저 실 한 타래를 30만 원에 사는 게 맞나? 한 켤레에 65만 원인 이 하이힐은 무엇인가? 편한가? 사면 신을까? 나는 왜 이걸 원하지?

이렇게 생각하며 쇼핑한 덕분에 난 빚을 지지 않을 수 있었고 절망에도 빠지지 않았다. 하지만 생각하는 쇼핑을 실천하는 와중에도 여전히 흥청망청 물건을 사들이게 되는 곳이 딱 한 곳 있다. 바로 서울이다!

나는 한국 전통 시장에서 멋진 천과 가방, 바지, 셔츠, 가정용품, 보석 등이 몇 킬로미터씩 줄지어 선 길을 걸으며 큰 기쁨, 즉 '흥'을 체험했다. 이곳에서 가장 값진 물건은 세일 중인 상품, 혹은 2,500원짜리 플라스틱 새끼손가락 반지처럼 아주 단순한 것들이다. 색깔별로 다 있어서, 집에 돌아가면 20명의 여자 친구들에게 선물로 쫙 돌려도 좋을 만한 물건이다. 프라다와 꼭 닮았지만 4만 원밖에 하지 않는 구리색 에나멜 가죽 신발을 본 적도 있다!

한국에서 쇼핑을 할 때 돈을 얼마나 쓰는지는 걱정할 필요가 없다. 중요한 것은 이곳에서만 볼 수 있는 독특한 스타일이다. K-팝 패션에 디자이너와 빈티지가 더해진 한국의 스타일은 젊은이와 노인 모두의 선택을 받는다. 더 좋은 점은 이런 물건을 찾는 과정이 마치 보물찾기하는 것 같다는 점이다.

위대한 보물찾기

동료 에이전트이자 이탈리아 친구인 가브리엘라와 함께 도서전에 참여하기 위해 서울을 방문했을 때 일이다. 가브리엘라는 서울에 있는 동안 전통 시장에 가보고 싶다고 했지만, 난 솔직히 지루할 것 같았다. 고대 유물을 흉내 낸 촌스러운 복제품, 옛날 스타일 물건 같은 것들이나 잔뜩 있겠거니 생각했기 때문이다. 하지만 가브리엘라는 지역 시장이야말로 그곳의 문화를 체험하고 사람들을 만날 수 있는 완벽한 장소라며 나를 설득했다.

결국 우리는 또 다른 동료 한 명과 함께 동대문 시장에 갔다. 오래된 여덟 개의 성문 중 동대문 근처에 있는 시장인데, 지금은 서울의 한복판 위치다. 시장은 큰 도로에 둘러싸여 있어서, 입구에 들어가려면 쌩 소리를 내며 끝없이 밀려오는 차와 오토바이, 트럭을 피해 몸을 웅크리고 펄쩍

뛰는 등 재빨리 움직여야 했다. 시장에는 26개의 쇼핑몰, 3만 개의 전문점과 5만 개의 제조사가 모여있었다. 열 블록 이상을 차지한 이 커다란 시장은 도매와 소매를 모두 아우르는 쇼핑 파라다이스였다.

우리는 눈을 휘둥그레 뜨고 시장 안으로 들어섰다. 넋이 나간 듯 머리를 절레절레 흔들며 "이럴 수가! 믿을 수가 없어!"라고 말하는 것 외에는 아무것도 할 수 없었다.

하루 24시간 열려있는 이곳에는 리본, 토스터기, 천, 장난감, 옷, 전자 제품, 신발 등 없는 것이 없었다. 놀라운 점은 다양성뿐이 아니었다. 가격도 어쩌나 싼지 그곳에서 산 물건을 모두 가져가려면 커다란 여행 가방을 따로 하나 사야 할 정도였다. 바로 나처럼 말이다! 여행 가방을 사는 것마저도 간단한 일이 아니었다. 한 층 전체가 가방 가게로 가득 차있었기 때문이다.

우린 가족과 친구들에게 줄 선물을 찾다가, 부채와 수놓은 실크 지갑, 모조 장신구 등을 샀다. 나는 뜨개질을 좋아하는데, 반갑게도 '도담'이라는 한국 실을 발견할 수 있었다. 한국 전통 종이인 '한지'로 만든 이 실은 수공예 가방이나 모자를 만드는 데 적합하다.

복도를 계속 왔다 갔다 하던 중 갑자기 재단 의상실 간판 하나가 내 눈길을 사로잡았다. 24시간 안에 옷 한 벌을 주문 제작해 준다는 광고였다. 가게 안으로 들어가자 멋있는 재단사 한 분이 광고에 대해 설명해 주셨다. 손님이 천을 사 오면 진짜 단 하루 만에 옷을 만들어 준다는 것이다. 드디어 현실적인 임무를 수행할 기회가 왔다! 내가 쓴 《J.M.배리 여성수영클럽》이라는 소설이 한국어로 번역돼 그 주 서울에서 출간되기 때문에, 나는 기자회견과 출간기념회에서 입을 정장이 필요했다. 정말 신나는 우연이 아닌가!

우린 당장 원단 가게로 향했다. 나는 수천 개는 될법한 어마어마한 양의 직물 속으로 몸을 던졌고, 내 눈은 온갖 종류의 색깔과 줄무늬, 꽃무늬, 물방울무늬를 빠른 속도로 훑어나갔다. 그리고 마침내 나는 작은 요트 무늬가 들어간 아름다운 파란색 실크를 발견했다. 프랑스 느낌이 물씬 풍기는 천이었다. 나는 4만 원도 안 되는 가격에 천을 사서 의상실로 돌아갔고, 우리는 다시 그 작은 가게에 옹기종기 모였다. 재단사는 내 신체 치수를 쟀고, 내가 천을 몸 위에 둘러보는 동안 친구들은 다양한 아이디어를 제안했다. 난 드레스셔츠 한 벌과 A라인 스커트 한 벌을 주문했다. 이것을 하룻밤 사이 디자인하고 만드는 데 드는 비용은 13만 원 정도였다.

다음 날 아침 9시, 내 몸에 꼭 맞는 완벽한 옷들이 나를 기다리고 있었다. 정말 믿을 수 없는 일이었다.

그날 나는 아름다운 옷뿐 아니라 새로운 친구 하나를 얻었다. 난 이제 서울에 가면 동대문 시장에 가서 치마나 셔츠를 맞춘다. 바로 그 친절한 재단사에게 말이다.

동대문 시장은 또한 길거리 음식을 좋아하는 사람들에게는 천국과 다름없다. 난 쇼핑을 마친 후에 좋은 물건을 산 기념으로 작은 포장마차 식당에 친구들과 옹기종기 붙어 앉아 잡채와 채소 팬케이크를 먹는 것을 좋아한다.

서울에서 가볼 만한 또 다른 시장은 역시나 길거리 음식이 유명한 광장 시장이다. 아름다운 천과 전통 물품 그리고 한국 전통 행사에서 입을 수 있는 옷 등을 볼 수 있다. 이곳에 갈 때는 반드시 배를 비운 채로 가라. 그 유명한 녹두전(녹두로 만든 팬케이크)과 마약 김밥(해조 밥 롤)을 먹어야 하기 때문이다. '마약'은 이 롤이 중독성이 너무 강해서 다시 찾을 수밖에 없다는 의미에서 붙여진 이름이다.

동대문 시장
주소: 서울시 종로구 종로 266
홈페이지: www.ddm-mall.co.kr

광장시장
주소: 서울 종로구 창경궁로 88
홈페이지: www.kwangjangmarket.co.kr/en/

멋쟁이 실버세대

유행하는 옷을 입고 패션에 창의력을 더하는 것은 특정 세대의 전유물이 아니다. 서울에서는 가장 유행하는 옷을 입고 스스로 만들어 낸 가장 독특한 스타일을 뽐내는 실버세대를 흔히 볼 수 있다. 런던 혹은 뉴욕에는 70대가 입을 법한 옷에 대한 통념이 존재할지 모르겠지만, 이곳은 분명 아니다. 80대에도 여전히 활동하는 해녀가 존재하듯, 한국인들은 한 살

한 살 많아지는 자신의 삶을 있는 그대로 포용한다.

김동현 작가는 서울의 스트리트패션을 카메라에 담는 전도유망한 패션 사진작가다. 그는 주로 스타일이 멋진 시니어 패셔니스타를 사진에 담는데, 이들은 주로 동묘앞역 근처 동묘벼룩시장에 모여서 쇼핑을 한다. 김 작가는 군복 패션부터 데님이나 고급 빈티지 브랜드 옷까지 범위도 다양한 이들의 독특한 스타일을 포착해 영원히 남기기 위해서,《멋: 스트리트패션 오브 서울》이라는 책에 담았다.

난 김 작가가 모든 나이대의 사람이 자신만의 스타일을 즐기는 게 당연하다고 여긴다는 점이 마음에 든다. 빈티지든 현대적인 스타일이든 혹은 이 둘을 섞어놓은 것이든 말이다. 그도 말했듯, "옷은 모든 사람에게 즐거움을 준다".

한복이라는 유산

아름다운 '한복'은 이 나라가 세계를 향해 문을 열기 전 수백 년 동안 한국인들의 일상복이었다. '저고리'(윗옷)와 '치마'(부풀어 오른 치마) 혹은 '바지'로 구성되는 한복은 보통 선명한 색상의 비단, 모시 또는 면으로 만든다.

오늘날 한국인들은 서양식 의복을 입지만, 명절이나 결혼식, 장례식 등 특별한 경우에는 여전히 '한복'을 입는다. 이처럼 옷을 통해 과거를 존중하고 과거와의 연결고리를 유지하는 것은 '한'과 '흥'과 '정'의 본보기라 할 수 있다. 실제로 대한민국 문화재청은 한복 입는 것을 '국가 무형 문화유

산'으로 지정했다.

최근 세계적인 영화 및 TV 스타 제인 시모어가 아들 결혼식에 아름다운 한복을 입고 나타났다. 한국인 며느리를 존중하는 의미였다고 한다. 요즘 들어 특별한 경우가 아니어도 다시 한복을 입는 분위기가 조성되는 것도 반가운 일이다. 최초로 한복을 재발견하여 영감의 원천으로 삼은 것은 한국 패션업계였는데 그중 특히 이영희 디자이너는 1990년대 파리에서 새로운 스타일의 한복 실루엣을 선보이기도 했다.

지금은 김영진 디자이너와 황이슬 디자이너가 현대적인 디자인의 '한복'을 만드는 작업을 한다. 이들은 밤 행사에 어울리는 화려함, 활동적인 낮을 위한 짧은 저고리와 치마, 전통적이지 않은 천 등을 이용해, 젊은 세대가 자신들의 역사와 연결될 수 있는 현대적 연결고리를 제공한다. 하지만 현대적인 '한복'의 부상에 가장 큰 영향을 미친 것은 BTS와 블랙핑크로 대표되는 K-팝이다. 이들이 한복을 입기 시작하는 순간, 유행은 시작되었다!

광장시장에 가면 전통적인 한복을 살 수 있다. 하지만 지금 런웨이에 올라가는 스타일을 시도해 보는 것도 좋다. 한국 디자이너들은 일 년에 두 번 서울 패션위크를 개최한다. 그리고 모든 분야의 '한류'가 그렇듯 이들도 해외에서 힘을 얻고 있다.

한국 스트리트패션 브랜드인 준지는 파리 패션위크에서 작품을 선보이고, 유니섹스 브랜드인 에이치에스에이치는 K-팝 아티스트들에게 인기가 좋다. 김민주 디자이너는 넷플릭스 〈넥스트 인 패션〉에서 오버사이

즈 실루엣과 대담한 패턴으로 우승을 차지한 후 세계적 인지도를 얻었다. 이 정도면 당신의 옷장에도 한국 스타일을 도입해 볼 만하지 않은가? 참고할 브랜드 목록을 소개한다.

리슬
Website: www.leesle.kr

차이킴
Website: www.tchaikim.co.kr

준지(Juun J.)
Website: www.juunj.com

에이치에스에이치(Heich Es Heich)
Website: www.heich.kr

민주킴(Minjukim)
Website: www.minjukim.co

뉴트로, 한국식 빈티지

한국 패션과 쇼핑에서 가장 흥미로운 트렌드 중 하나는 '뉴트로', 즉 복고를 새롭게 해석해 즐기는 경향이다. 뉴트로를 한국식 힙스터 문화라고 설명하는 사람도 있지만, 내가 보기에 뉴트로는 그보다 심오하다. 한국의 문화 행위에는 역사, 정치, 사회적 이슈가 한국적 방식으로 녹아있는데, 옷 입는 것도 그중 하나인 것이다.

1980년대와 1990년대에 태어난 한국인들은 뉴트로라는 흐름에 따라,

19세기부터 자신들이 태어난 시대까지 입었던 옷들을 현재에 받아들였다. 뉴트로 중에는 복고 패션에 대한 향수나 SNS 게시물, 〈미스터 션샤인〉(19세기 배경)이나 〈파친코〉 같은 시대극의 영향을 받아 형성되는 흐름도 있다. 하지만 뉴트로의 기저에는 기후 변화나 경제적 과제에 대응하기 위해 지속 가능한 방식으로 살고, 입으려는 이 세대의 분투가 존재한다.

현재 서울의 빈티지 상점이나 중고품 할인 상점에는 다양한 나이대의 손님이 넘쳐난다. 이들은 전 주인에게 사랑받았던 옷, 아름다우면서도 가격은 저렴한 옷들을 사는 행동으로 자신들의 정치적 주장을 펼치는 것이다. 이보다 더 환경과 지갑을 위하는 방법이 있을까? 난 이렇게 모범이 되는 패션 트렌드를 본 적이 없다!

커플룩

한국의 패션과 관련된 또 다른 신기한 트렌드는 바로 '커플룩'이다. 젊은 커플들은 자신들의 관계를 드러내고 알리기 위해, 똑같은 옷을 사서 입고 다닌다. 색깔만 다른 동일 디자인의 티셔츠처럼 아주 기본적인 형태부터, 애초에 '남녀커플용'으로 디자인된 전체 복장을 갖춰 입는 것처럼 좀 더 과감한 시도를 하는 경우도 있다.

커플룩의 역사는 전후 시기로 거슬러 올라가는데, 당시 한국인 신혼부부들은 자신들이 신혼부부라는 사실을 모두에게 알리기 위해 비슷한 옷을 입고 신혼여행을 떠났다. 하지만 최근에는 관계를 맺은 지 얼마 안 된

커플들이 SNS의 영향을 받아 이 트렌드에 적극 합류하면서, 커플룩은 진짜 유행이라 해도 좋을 정도로 일반화되었다.

나도 서울에서 같은 옷을 입은 커플을 많이 목격했다. 언뜻 또 하나의 흘러가는 유행처럼 보일 수도 있지만, 한국 사회에서 이러한 현상은 특별한 의미가 있다. 결혼과 가족을 강조하는 문화권에서 사람들은 누군가와 관계를 맺고 있을 때 사회적 이득을 얻는다. 그리고 이 '커플룩'은 자신이 관계를 맺고 있다는 사실과 더불어 그 관계가 어느 정도 단계인지를 보여주는 가장 편한 방법이다.

현재 인스타그램에서 난리가 난('#커플룩'으로 검색해 보라) 이 트렌드는 단순히 옷을 사랑하는 마음을 표현하는 것이 아니다. 옷과 사랑을 동시에 보여주기 위한 것이다.

제자리에. 차렷. 출발!

올림픽 메달리스트 수준의 쇼핑객이 쇼핑하는 모습을 보려면 명동으로 가라. 서울의 쇼핑 메카 중 하나인 이곳은 한국인과 관광객 모두에게 가장 인기 있는 장소로, 하루 방문객은 백만 명으로 추산된다. 명동에는 수백 개의 상점과 식당, 디자이너 매장이 있다. H&M이나 자라와 같은 패스트패션 매장부터 신세계, 롯데와 같은 고급 백화점까지 종류도 다양하다. 거리에는 늘 활력이 넘친다. 거리 아래도 마찬가지다! 명동에는 거대한 지하 쇼핑몰이 있다. 작은 길이 미로처럼 얽히고설킨 이곳은 작은 가판대와 큰 백화점으로 연결되는 작은 문들로 가득하다. 나는 이 지하 쇼핑몰에서 고급 베트남 리넨으로 만든 셔츠와 원피스들을 발견했다. 다른 곳에서는 한 번도 못 본 색과 질감의 이 옷들은 더운 여름에 입기 안성맞춤이었다. 게다가 가격은 뉴욕의 10분의 1밖에 되지 않았다.

쇼핑을 하다가 식당에 들어가 식사하는 것이 귀찮은 사람에게 명동은 더더욱 완벽한 장소다. 곳곳에 음식 가판이 있기 때문이다. 회오리 감자나 한국식 치킨을 먹어보라. 신용카드를 잠시 넣어두고 용 수염 사탕 만드는 사람들을 구경하는 것도 재미있을 것이다. 그들은 꿀과 옥수수 가루를 빙빙 돌려 가느다란 수염 같은 실을 뽑아내 사탕을 만들면서, 손님을 위해 랩도 들려준다.

'뉴욕에서 온 당신, 아 아 아 뉴욕

이건 꿀, 단단한 꿀

용 수염 왕을 아시나요

꿀 아주 단단한 꿀'

그들의 공연은 내가 서울에서 본 것 중 가장 재미있었다.

완벽한 얼굴빛

명동은 또한 전 세계를 강타한 K-뷰티 제품(7장에서 이미 살펴본 바 있다)의 중심지라고 할 수 있다. 한국에서 가장 많은 스킨케어 매장과 화장품 가게가 모여있는 명동의 중심 거리에 들어서면 다닥다닥 붙어 선 가게들이 눈에 들어온다. 한 블록에 스무 개가 들어선 곳도 있다. 이니스프리, 설화수, 라네즈 등 유명한 한국 브랜드들이 모두 이곳에서 크림, 세럼, 마스크팩, 스킨패드(화장 솜에 스킨을 듬뿍 적셔놓은 형태의 마스크팩) 등을 판매하고 있다. 좀 독특한 제품들도 있으니, 꼭 테스트해 보라. 부끄러워할 필요 없다!

나는 연어알 슬리핑 마스크팩(피부를 투명하게 해준다)과 달팽이 점액 크림(검은 달팽이로 만든 것)을 발견했다. 보습에 탁월한 제품이었다(무엇을 사든 무료 샘플을 준다. 새 제품을 사용해 볼 좋은 기회다).

나는 또한 숯으로 만든 제품만 판매하는 흥미로운 가게를 발견했다. 숯으로 만든 차, 마스크팩, 크림 같은 것들이 있었다. 숯을 얼굴에 바른다는 것은 상상할 수도 없는 일이었지만, 그곳은 영원한 아름다움의 땅 한국이었다! 그래서 난 점원에게 이렇게 외쳤다.

"숯은 어떤 효과가 있나요?"

미용 효과가 있는 숯은 검고 고운 가루 형태인데, 일반 숯을 고온에 노출시켜 얻는다고 했다. 이렇게 만들어진 미용 숯은 흡수력이 뛰어나 화학 성분이나 독소를 붙잡아 두기 때문에 스킨케어 제품에 쓰면 매우 효과적이다. 숯을 이용한 제품은 피부 탄력도 높여준다고 하니, 더 이상 보톡스를 맞을 필요는 없을 것이다. 난 당장 이 숯 크림을 써봐야겠다고 생각했다. 안 될 이유가 없지 않은가? 숯은 치아 미백에도 효과가 좋다고 했다. 난 숯 치약도 스무 개 샀다.

세계 속의 세계

한국 최고의 백화점을 찾고 있나? 곧장 롯데 백화점으로 가면 된다. 본점이 바로 명동에 있다. 롯데는 돈을 펑펑 쓰고 싶은 쇼핑객에게는 디즈니랜드와 같은 곳이다. 온갖 명품에 정신을 차리지 못할 것이다. 뉴욕의 버그도프 굿맨 백화점을 생각하면 된다. 그러니 당장 그곳으로 가 즐거운 쇼핑을 시작해 보라. 다만 여권은 꼭 챙겨야 한다. 롯데는 다른 대형 백화점들과 마찬가지로, 외국인이 구입한 3만 원에서 50만 원 사이의 제품에 대해 면세해 준다.

롯데 백화점
주소: 서울 중구 남대문로 81
홈페이지: www.lotte.co.kr

인사동 분위기

인사동은 내가 서울에서 가장 좋아하는 장소 중 하나다. 작은 상점과 빈티지 옷 가게, 목조 건물 찻집, 서점 등이 좁은 골목을 따라 줄지어 서있다. 이곳의 아트 갤러리는 전통 한국 예술품과 도자기를 주로 전시한다. 나는 젊은 신진 디자이너가 운영하는 작은 가게들을 특히 좋아하는데, 가게 안에서 바로 옷을 만들어 주는 집도 몇 군데 있었다. 인사동은 한마디로 서울의 그리니치빌리지다.

인사동 쇼핑거리
주소: 서울 종로구 인사동길 62
홈페이지: www.insainfo.or.kr

'강남 스타일' 쇼핑

2012년, 노래 한 곡이 세상을 정복했다. '강남 스타일'이다. 중독성 강한
비트와 '말춤'을 무기로 한 이 노래의 뮤직비디오는 순식간에 세계인의
이목을 사로잡았고, 유튜브에서 최초로 십억 뷰를 달성했다(현재는 40억
뷰가 넘는다!). 하지만 진짜 놀랄만한 사실은 이 어마어마한 노래를 부른
주인공이 미국이나 유럽의 팝 스타가 아니라 한국인 래퍼이자 싱어송라
이터 싸이^{박재상}라는 점이었다.

노래는 강남이라는 서울의 한 부유한 지역 주민들을 풍자한다. 싸이는
이 노래로 세계적인 슈퍼스타가 되었고 그의 콘서트에는 수백만 명이 몰
려들었다. 노래는 다들 알 테니, 이제 강남에서 쇼핑을 해보자!

강남은 서울에서 가장 고급스러운 쇼핑 구역이다. 뉴욕시의 뉴욕
5번가, 베벌리힐스의 로데오 드라이브, 런던의 본드 스트리트, 파리의 포
부르 생토노레 거리를 생각하면 비슷할 것이다.

한국의 최고 인기 명품 브랜드인 MCM도 강남에 플래그십 스토어를
두고 있다. 셀럽과 K-팝 스타들의 사랑을 받는 최신 유행 옷들과 유명한
가죽 제품을 쇼핑하기 위해 충분히 가볼 만한 곳이다.

MCM은 단순한 성공 기업이 아니다. '한'의 정서를 구성하는 한국인의 특징인 투지와 인내를 보여주는 강력한 상징물이다. MCM은 한국 명품의 존재를 세계에 알렸고, 그것은 모두 한 여성 덕분이었다.

이 글로벌 패션 제국의 소유주이자 회장인 김성주는 한국에서 가장 부유한 축에 드는 집안에서 4남 3녀 중 막내로 태어났다. 유교적이고 엄격한 아버지는 모든 것을 남자 형제들에게 남겼고, 김성주 회장은 집안에서 정한 혼처를 거절했다는 이유로 유산 분배에서도 제외되었다. 그녀는 뉴욕으로 가 블루밍데일스 백화점에서 일하며 패션 업계에 대해 배웠다. 1990년 한국에 돌아온 그녀는 이제껏 여성들이 가보지 못한 길을 가기로 한다. 유럽 명품 브랜드를 판매하는 사업에 뛰어든 것이다. 그녀는 지성과 창의력과 끈기 그리고 약간의 융자로 2005년 MCM을 사들였다. 그리고 엄청난 성공 기업으로 탈바꿈시켰다.

매장 안에 들어서면, 독일 바우하우스의 영향을 받은 인테리어, 노출 콘크리트 벽과 바닥 등이 마치 박물관에 온 느낌을 줄 것이다. 실제로 건물 5층에는 쾨니히 갤러리라는 아트 갤러리도 있다. 한 가지 조언을 하면, 커피를 들고 매장에 들어가지 마라. 바로 제지당할 것이다!

명품 신발과 옷을 찾는 패셔니스타에게 추천할 또 다른 장소는 갤러리아 백화점이다. 길 양옆으로 펼쳐진 가로수가 유명한 가로수길 또한 쇼핑하기 좋다. 이곳에는 한국 브랜드와 갤러리 그리고 개성 있는 작은 가게들이 많다.

하지만 내가 생각하는 강남의 진정한 스타는 아시아 최대 규모의 지하 쇼핑몰인 스타필드 코엑스몰이다. 출입문 밖에는 거대한 강남 스타일 청동상이 서있다. 이 동네를 전 세계에 알린 싸이를 기념하기 위해, 두 개의 손이 '말춤'을 추듯 포개진 모양의 조형물을 세운 것이다.

영화 극장, 쇼핑, 식당, 수족관 그리고 카지노로 부족하다면, 스타필드 별마당 도서관에 가보라. 5만 권의 책과 잡지를 소장한 이 놀라운 도서관은 전 세계의 애서가들의 순례지가 되었다. 그들은 이 도서관의 분위기를 온몸으로 느끼고 문화행사에도 참여하고, 당연히 SNS에 올릴 사진도 찍는다.

쇼핑몰 위에는 코엑스 전시장이 있는데, 나는 서울국제도서전에 참여하기 위해 이곳에 올 때마다 쉬는 시간에 재빨리 지하에 내려가 쇼핑을 한다. 워낙 넓고 복잡한 곳이라 나처럼 길을 잃을 수도 있으니 지도를 참고하라!

마지막으로 핸드백 쇼핑은 잠시 쉬고, 대신 핸드백의 역사와 그것을 만들어 내는 놀라운 솜씨에 대해 배우는 시간을 가져보자. 시몬느 핸드백 박물관은 오직 핸드백만을 위한 곳으로, 1550년부터 현재까지 서양에서 유행한 핸드백들, 프랑스의 탈착 가능한 리넨 주머니에서 21세기의 '잇백'에 이르기까지 약 300개의 핸드백을 전시하고 있다. 변화하는 패션 사이클뿐 아니라, 이 핸드백들이 여성의 독자적 정체성과 어떤 영향을 주고받는지도 볼 수 있을 것이다. 박물관은 핸드백처럼 생긴 건물 안에 있다. 그러니 못 보고 지나칠 걱정은 하지 마라!

MCM
주소: 서울 강남구 청담동 압구정로 412
홈페이지: www.mcmworldwide.com

갤러리아 백화점
주소: 서울 강남구 압구정로 343
홈페이지: www.dept.galleria.co.kr/en

스타필드 코엑스몰
주소: 서울 강남구 영동대로 513
홈페이지: www.starfield.co.kr

시몬느 핸드백 박물관
주소: 서울 강남구 도산대로 13길 17
홈페이지: www.simonehandbagmuseum.co.kr

알아야 할 것

한국에서 쇼핑을 하면서 아주 중요한 것을 하나 배웠다. 한국 여성들은 쇼핑할 때 플랫슈즈를 신는다는 사실이다. 하이힐을 신은 사람은 한 번도 보지 못했다. 나도 플랫슈즈 한 켤레를 샀는데, 다시는 하이힐을 신지 못할 것 같다. 한국인의 행복 비결을 하나 더 발견했다! 서울에서의 쇼핑 경험은 내면에서부터 아름다워지고 기분 좋아지는 법을 가르쳐 주었다. 나는 이제 한국의 패션 수칙에 따라, 실용적이고 우아하면서도 단순하고 캐주얼시크한 쇼핑을 할 것이다.

• 한국에서 쇼핑을 하며 얻은 가르침 •

쇼핑은 새로운 곳을 탐험하는 좋은 방법이다. 도시나 마을의 여러 장소를 방문해 그
곳이 고이 간직해 온 비밀을 발견해 보라.

전통 시장은 절대 거르지 마라. 진짜 한국을 만날 수 있는 곳이다. 믿을 수 없을 정
도로 값싼 물건은 덤이다.

스킨케어 제품을 선택할 때는 약간의 모험이 필요하다. 해마 크림을 바르고, 검은
달팽이 얼굴 마사지도 받아보라.

그곳만의 디자인과 스타일을 찾아 쇼핑하라. 다른 곳에서는 볼 수 없는 물건들이기
때문이다. 조금 다르고 새로운 옷을 입는 것을 두려워하지 마라.

당신의 나이가 몇 살이든, 유행에 따라 혹은 창의적으로 입을 수 있다. 옷은 모두
에게 기쁨을 주어야 한다.

가능하면 빈티지나 중고품을 사려고 해보라. 단 하나뿐인 숨겨진 보물을 찾는 재미
를 느낄 수 있을 뿐 아니라, 환경친화적이기도 하다.

밥버거
bapbeogeo

밥으로 만든 햄버거

　내 동료인 수는 한국에 살 때 밥버거를 좋아했다고 한다. 하지만 미국으로 이사 온 후에는 쉽게 찾을 수가 없어, 구할 수 있는 재료들로 직접 만들어야 했다.

　"한국에 살 때는 학교 친구들이랑 밥버거를 자주 사 먹었어요.
　한국에는 '밥심'이라는 말이 있어요. '밥의 힘'이라는 뜻이죠. 네, 맞아요. 한국인들은 직장 생활이든 개인 생활이든 배 속에 밥이 가득 차있어야 문제없이 잘해 나갈 수 있다고 믿어요. 그러니 모든 음식에 밥을 포함해 넣으려고 하는 건 당연한 일이죠. 밥이 불가능하다면 최소한 쌀로 만든 무엇인가를 써야 해요. 버거도 예외가 될 순 없었죠. 밥버거는 어떤 면에서는 서양식 김밥, 혹은 서양식 주먹밥처럼 느껴지잖아요. 그래서 나오자마자 전국에서 히트를 쳤죠. 김밥, 주먹밥 같은 국민 간식과 비슷한데다, 정통 서양 버거에서 글루텐을 빼 더 건강하게 변형시킨 음식이라는 이미지도 있었으니까요.
　하지만 미국에 이사 온 후로는 아무 식당이나 카페테리아에 가서 밥버거를 주문해 먹을 수 없었어요. 공부를 위해 집을 떠나 있을 때는 나 혼자 다양한 조리법으로 밥버거를 만들어 보려 했어요. 그런데 미국 쌀은 한국 쌀하고 너무 다르더라고요. 질감이나 점도가 너무 달라서 밥버거에 필요한 동글납작한 빵 모양을 만들 수가 없었어요. 밥이 서로 잘 붙지 않아서 들자마자 부스러지거나 너무 끈적이거나 둘 중 하나였죠.
　그래서 난 방법을 바꿔 '밥전'(쌀 팬케이크)을 만들기로 했어요. 정통 오믈렛과 밥을 조합해 보기로 한 거죠. 그리고 밥버거를 만들 때 밥 사이에 넣던 것들을 반찬 삼아 함께 먹었어요. 그러던 중 아이디어가 떠오르더군요. 밥으로 둥근 빵 모양을 만드는 대신 이렇게 팬케이크를 만들면 되겠구나! 작은 발상의 전환이었지만 덕분에 난 가장 쉽고 빠른 방법으로 색감과 단백질이 모두 풍부한, 따뜻하고 맛있는 밥버거를 만들 수 있게 되었답니다."

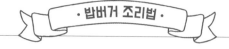

· 밥버거 조리법 ·

재료

(1인분)

계란 2개
카레 가루 1작은술
메이플시럽 1작은술
소금 1/2작은술
잘게 썬 파슬리와 딜 2
작은술
초밥용 밥 150g(차갑
게 식은 것(전날 먹고
남은 것이면 더욱 좋
다))
식용유 1큰술
다진 소고기 100g 이
상(먹는 이의 식성에
따라 조절한다)
작은 양파 1/4개(잘게
썰기)

토핑

피클 4개 이상
양배추 혹은 상추 3장
이상
원하는 소스

01. 계란 2개를 그릇에 깨 넣고, 카레 가루, 메이플시럽, 소금 한 꼬
집 그리고 준비한 파슬리와 딜의 반을 집어넣는다.

02. 조리된 밥을 양념한 계란에 넣고 섞는다. 너무 묽으면 밥을 추
가한다. 더 진한 맛을 원하면 이 단계에서 녹인 버터나 올리브
오일 1작은술을 추가해도 좋다.

03. 작은 프라이팬을 달구고 식용유를 두른 뒤, 재료 혼합한 것의
반을 그 위에 올린다. 갈색이 될 때까지 익힌 뒤, 뒤집개를 이용
해 뒤집어 반대편도 동일하게 익힌다. 가장자리를 바삭하게 만
들고 싶으면 조금 더 익혀도 좋다. 조리가 끝나면 프라이팬에서
꺼내 한쪽에 두고, 남은 반을 같은 방법으로 익힌다.

04. 그릇에 다진 소고기, 잘게 썬 양파, 남은 파슬리와 딜 그리고 약
간의 소금을 넣어 패티를 만든다. 재료를 혼합한 뒤 손으로 모
양을 잡아주면 된다.

05. 프라이팬을 다시 달구고 패티 양쪽을 골고루 익힌다.

06. 이제 일반적인 햄버거를 만들 듯, 준비된 재료를 이용해 밥버거
를 만들면 된다. 밥전 사이에 고기패티, 피클, 신선한 채소를 넣
고 선택한 소스를 뿌린다.

07. 먹을 때는 포크와 나이프를 이용하는 것이 좋다. 일반적인 햄버
거보다 잡고 먹기 쉽지 않을 것이다.

10
애견^{Aegyeon}

국보

진도는 아열대 기후의 화산섬으로 한반도 최남단에서 살짝 떨어져 있다. 대한민국에서 세 번째로 큰 섬인 진도는 아름다운 정원, 숲, 폭포, 동굴 등 여러 경이로운 풍경으로 가득 차있다. 서울에서는 버스 또는 기차와 버스를 타고 5시간 정도 가야 한다. 진도는 놀랍도록 아름다울 뿐 아니라, 해산물이 맛있기로 유명하니 꼭 먹어볼 수 있기를 기대한다! 하지만 내게 진도가 특별한 이유는 다른 데 있다. 바로 이곳이 원산지인 진돗개 때문이다.

진돗개는 중형견으로 귀가 유난히 쫑긋하고 꼬리가 동그랗게 말려있다. 충성스럽고 지능이 높은 것으로 유명하고, 사냥과 경비에 탁월한 능력을 보인다. 진돗개의 충성심을 보여주는 유명한 이야기가 있다. 진돗 개 암컷 백구는 진도에서 태어나 자랐는데, 대전이라는 도시로 팔려 갔 다가 7개월 후 지치고 꾀죄죄한 모습으로 나타났다. 약 300km를 달려 집으로 돌아온 것이다. 백구는 전국적인 스타가 되었고, 그를 주인공으 로 한 동화책과 만화가 만들어졌다. 심지어 그 충성심을 기리고자 백구 상이 세워지기도 했다.

진돗개는 이제 국보이자 우정의 상징이 되었다. 한국인들이 진돗개를 얼마나 사랑하는지 전 세계에 알리기 위해, 대한민국은 서울에서 개최된 1988년 하계 올림픽 개막식에서 진돗개 퍼레이드를 선보이기도 했다.

북한 지도자 김정은은 2018년 문재인 전 대통령에게 풍산개(진돗개의 친척뻘인 품종으로, 원산지는 북한 개마고원이다) 한 쌍을 선물했다. 두 나라 의 협력과 평화를 보여주기 위해서였다. 약 20년 전에는 김정은의 아버 지가 또 다른 풍산개 두 마리를 당시 남한의 대통령에게 선물하기도 했 다. 김정은이 보낸 풍산개 한 쌍은 DMZ에서 남한으로 넘어와 문 대통령 과 함께 지내다가 몇 년 후 동물원으로 옮겨졌다.

진돗개는 섬의 상징일 뿐 아니라, 생계 수단이기도 하다. 많은 섬 주민 들이 진돗개를 사육해 생계를 이어 나가기 때문이다. 매년 3만에서 5만 마리 강아지가 태어나 사육되는 것으로 추정되는데, 이들은 정부 허가 없이는 섬 밖으로 반출할 수 없다.

진돗개가 어떻게 한반도에 들어왔는지에 대해서는 명확한 설명이 없 다. 13세기 몽골 침략 때 들어와 이곳에 정착했다고 말하는 사람도 있고,

조선시대에 사냥과 경비를 위해 궁에서 기르던 개라고 주장하는 사람도 있다.

어쨌든 현재 이들의 정신적, 실질적 고향은 진도이기에 진돗개 사업소 본부도 이곳에 자리 잡고 있다. 본부에는 연구센터와 사육장뿐 아니라 진도개테마파크와 박물관도 있다. 진돗개가 조련사와 민첩성을 뽐내는 모습을 보거나 진돗개의 역사에 대해 배우는 등 하루 종일 개와 함께할 수 있는 곳이다.

강아지는 현재 한국에서 가장 인기 있는 반려동물로, 인간과 함께 살고 있는 개체 수는 600만 정도로 추산된다. 한국인들은 이 사랑스러운 '아기'를 위해 정성을 아끼지 않는다. 그들은 디자이너 맞춤복을 사서 입히기도 하고, 음력 새해 첫날인 '설날'에 반려견에게 입힐 한복을 장만하기도 한다.

사실 개든 고양이든 금붕어든 모든 반려동물이 우리의 행복에 중요한 역할을 한다. 우리가 다른 생명체와 밀접하게 연결되도록 해주기 때문이다. 개는 함께 사는 사람에게 조건 없는 사랑과 우정을 베푼다. 개와 함께 사는 사람은 불안이 감소하고, 매일 운동을 하게 되며, 새로운 친구, 어쩌면 인생의 동반자를 만날 기회도 얻는다!

진도개테마파크
주소: 전라남도 진도읍 동외리 57
홈페이지: www.jindo.go.kr

내 가장 친한 친구

나의 애견 사랑은 아무래도 타고난 것 같다. 나는 어렸을 때부터 늘 반려견들과 함께 살았다. 반려견들은 내 가장 친한 친구였고 내게 넘치는 사랑과 기쁨을 주었다. 나를 이해해 주고 위로해 주고, 다른 어떤 사람과도 느껴보지 못한 강한 유대감을 느끼게 해주었다. 남편조차 내게는 우리 집 반려견 렉시가 먼저라는 사실을 알고 있다. 받아들이는 것 외에 다른 방법은 없었을 것이다.

난 개들이 한국인의 영혼을 가지고 있는 게 아닐까 생각한다. 그들에게서 흥과 정과 한의 철학이 느껴지기 때문이다. 개들은 늘 활기와 기쁨으로 가득 차있고, 다른 어떤 동물보다 우리와 강한 유대감을 형성하며, 어려움을 이겨내는 능력 또한 가지고 있다. 그들은 내가 어떻게 살아야 하는지 알려주는 본보기다.

하지만 반려견은 단순히 기쁨만 주는 존재가 아니다. 내 반려견은 내가 심적으로 어려운 상황에 처해있을 때 내게 깊은 위안을 주었다. 12년 전 남편은 간 이식 수술을 받아야 했다. 난 새벽 1시에 남편을 위해 급히 비행 편을 마련해야 했는데, 우리 집 래브라도 푸투로와 갈라는 내가 일을 하는 동안 내 책상 옆에 바싹 붙어있었다. 그들은 일이 모두 해결될 때까지 그렇게 내 곁을 지켜주었다. 아이들은 다 이해하고 있었던 것이다. 아이들이 준 사랑 덕분에 난 초인적인 힘을 발휘해 필요한 일을 해낼 수 있었다.

개가 먼저다

나는 한국에서 일하는 동안 개들과 나 자신에 대한 가장 소중한 가르침 하나를 얻었다.

몇 년 전, 사랑하는 내 반려견 한 마리가 세상을 떠났다. 상실감에 빠진 나는 어떻게든 마음을 추스르려 애쓰는 중이었다. 《피너츠》의 작가 찰스 M. 슐츠는 "행복은 따뜻한 강아지"라고 했다. 전적으로 공감한다!

그러던 차에 진돗개 강아지 사진을 접한 나는 한 마리를 데려와야겠다는 생각에 집착하게 되었다. 세상을 떠난 내 반려견과 똑 닮았기 때문이다. 진돗개 한 마리를 입양하면 세상을 떠난 내 반려견의 빈자리를 채울 수 있을 것만 같았다. 게다가 내가 좋아하는 한국의 일부를 집으로 가져갈 수 있으니 일석이조가 아닌가!

다시 한국에 왔을 때 난 문화체육관광부 장관을 만나게 되었다. 그는 내 일과 관련해 대한민국 정부가 도울 일이 있는지 물었고, 순간 나는 나도 모르게 이렇게 말하고 말았다.

"진돗개 새끼 한 마리만 데려가게 해주세요!"

장관은 깜짝 놀라더니 이내 웃음을 터뜨렸다. 그리고 반드시 진돗개 한 마리를 뉴욕에 데려갈 수 있게 해주겠노라 약속했다. 그의 말은 놀랍게도 농담이 아니었다! 하지만 난 곧 한국을 떠나야 해서, 강아지를 데리러 진도까지 직접 다녀올 시간이 없었다. 게다가 서울에 사는 친구 한 명은 진돗개를 그들의 고향에서 데리고 나오는 문제에 대해 신중해야 할 필요가 있다고 충고했다.

결국 나의 새 반려견을 찾기 위한 시도는 실패로 막을 내렸다. 하지만 장관과의 만남은 다른 면에서 나름의 가치가 있었다. 개를 먹는 한국의 전통에 대한 불편한 이야기를 꺼낼 기회가 되었기 때문이다. 수요가 많이 줄기는 했지만 그럼에도 불구하고 한국에서는 매년 백만에 가까운 개들이 도축되고 있다. 나는 최근 황선미 작가의 《푸른 개 장발》이라는 책을 파는 데 성공했다. 개와 인간의 관계를 다룬 아름다운 이야기다. 그래서였는지 나는 더욱 목소리에 힘을 주어, 인간의 가장 친한 친구를 도살하는 행위는 법으로 금지해야 한다고 주장했다. 장관은 한국인들도 개를 사랑하며, 개고기 시장이 몇 군데 남아있기는 하지만 모두 불법이라고 설명했다. 하지만 개고기 소비는 여전히 불법이 아니었다.

첫 번째 시도는 실패했지만, 진돗개를 향한 나의 모험은 멈추지 않았다. 얼마 후 서울에서 개 구조 활동을 하는 친구 여동생이 새끼 진돗개를 구해다 줄 수 있다고 했다. 그리고 며칠 후 그녀는 정말로 너무 예쁜 강아지 한 마리를 나를 위해 데려와 주었다. 나는 강아지에게 럭키라는 이름을 붙여주었다. 곧 한국에 갈 예정이었기에 나는 럭키를 집으로 데려올 계획을 세우기 시작했다. 남편에게는 모든 것을 비밀로 했다. 그러다가 공항에 가는 길에 깜짝 뉴스를 전했다. 하지만 그것은 좋은 생각이 아니었다.

남편은 새로운 식구를 받아들일 준비가 되어있지 않았다. 난 즉시 사태를 수습해야 했다. 먼저 구조 센터 사람들에게 사과를 하고, 럭키에게도 새집을 찾아줘야 했다.

이정명 작가와 저녁을 함께 먹는 내내 나는 럭키 생각에 그저 눈물만 흘렸다. 너무나 친절하고 너그러운 이 작가는 자신의 과수원에서 럭키를 돌봐주겠다고 말했다. 얼마 후 경숙에게서도 연락이 왔는데, 시골 사는 남동생이 럭키를 맡아주기로 했다는 소식을 전하기 위해서였다. 그녀는 나를 꾸짖는 것도 잊지 않았다. 난 너무 무섭기도 했고, 나 자신이 이기적 이라는 자책도 들었다. 경숙의 말은 모두 옳았다. 진도의 개를 수천 킬로 미터 떨어진 뉴욕 아파트에 데려가 키울 생각을 하다니, 분명 문제가 생 기고 말았을 것이다.

순종 진돗개인 럭키는 한국에 있어야 한다. 뉴욕에 갔다면 럭키의 삶은 엉망이 되었을 것이다(사실 순종 진돗개를 대한민국 밖으로 데려가는 것은 불법이다).

다행히 럭키는 지금 시골 자기 집에서 행복하게 잘 살고 있고, 나는 실 수를 통해 소중한 가르침을 얻었다. 동물이든 식물이든 자연의 세계를 통제하려는 생각은 현명하지도 않고 친절하지도 않다. 모든 것에서 조 화를 추구하는 한국의 방식에 따르면 럭키는 애초에 뉴욕의 개가 되어선 안 된다. 그것이 럭키를 위해서도 옳은 결론이다.

우화의 힘

지금까지는 늘 시간이 촉박해 진도에 가지 못했지만, 난 여전히 그곳에 가기를 꿈꾼다. 그리고 다음 한국 여행에서는 그 꿈을 실현해 볼 계획이다. 그날을 기다리며 나는 진도 여행이 과연 어떻게 흘러갈지 생각해 본다. 아마도 이런 식일 것이다.

나는 제일 먼저 진돗개 브리더를 찾아갈 것이다. 그런 다음 또 다른 브리더에게 가고, 또 다음 브리더를 찾아가서 셀 수도 없을 만큼 많은 진돗개 강아지들에게 둘러싸여 숨이 막히도록 키스를 받을 것이다. 진도를 떠나기 전까지 사진을 수천 장 찍고, 이 귀여운 강아지들이 주는 기쁨으로 내 몸과 마음을 가득 채울 것이다.

섬에서 진돗개에 푹 빠져 행복을 만끽하는 동시에, 나는 한국의 우화를 수집할 계획이다. 한국 우화는 아이와 어른 모두에게 사랑받는 독특한 문학 장르다. 대부분 동물을 주인공으로 하는 이 이야기들은 한과 흥과 정의 철학을 담고 있으며, 삶의 복잡함과 그것을 헤쳐 나가는 법에 대한 가르침으로 가득 차있다.

동물과 자연에 대한 한국의 우화는 이미 수백 편 존재한다. 고래가 되고 싶어서 바다에 뛰어든 바위의 이야기, 새 모양의 풍경風磬이 생명을 얻어 세상으로 날아가는 이야기, 남들과 다른 은색 비늘 때문에 외톨이처럼 지내던 연어가 자신의 운명을 거스르듯 물살을 헤엄쳐 오르는 이야기 등등 끝없이 이어진다.

내가 처음 발견한 우화는 첫 번째 한국 방문 중 마주친 황선미 작가의 《마당을 나온 암탉》이었다. 이야기의 주인공은 용감한 암탉 잎싹이다. 그녀는 자유를 찾아 닭장을 나온다. 늘 알을 낳지만 다 빼앗기고 마는 압제를 끝내야만 했다. 그녀는 엄마가 되고 싶었다. 그녀는 나그네라는 이름의 오리를 만난 뒤 알을 하나 발견하고 품는다. 얼마 후 새끼 오리가 태어나고, 잎싹과 나그네는 오리를 돌보고 족제비로부터 보호한다. 하지만 결국 새끼 오리가 둥지를 떠나야 한다는 사실을 받아들인 잎싹은 자신의 운명을 따르기로 한다. 그녀는 생이 순환한다는 사실을 깨닫고, 자신을 족제비에게 희생한다.

잎싹의 경험은 한국인의 세 가지 철학, 즉 한과 흥과 정을 그대로 반영한다. 자신의 알을 모두 빼앗기는 고통에서 한을 읽을 수 있고, 엄마가 된 기쁨은 흥을 보여주며, 족제비와 그의 아기들까지 모두 포함한 농장 공동체를 생각하고 자신도 그 일부라는 사실을 받아들이는 모습은 정을 느끼게 한다.

황선미 작가의 다음 책 《푸른 개 장발》에는 브리더인 주인을 위해 계속해서 새끼를 낳으며 힘들게 살아가는 개 장발이 등장한다. 장발은 새끼들이 팔려나갈 때마다 좌절하지만, 주인에 대한 충성심을 잃지 않는다. 그렇게 오랜 세월이 흘러 장발은 나이가 들고, 주인은 마침내 장발에 대한 사랑을 느끼고 그녀의 희생에 감사하게 된다.

이 이야기도 다른 우화들과 마찬가지로, 가족과 친구, 공동체에 대한 신의를 저버리지 않는 한국적 정서를 잘 보여준다. 아무리 어려운 일이 있어도 삶의 순간순간에서 작은 즐거움을 찾아가며 버텨야 하는 것이다.

서양 부모들은 자식을 고통과 괴로움으로부터 보호하려 한다. 그래서 아이들은 현실 대신 SNS나 인터넷, TV에서 탈출구를 찾고, 어른의 경우도 크게 다르지 않다. 하지만 한국 사람들은 슬픔과 고통도 기쁨과 행복처럼 삶의 일부라는 사실을 이해하고, 아이들에게도 이런 것들을 받아들여야 힘을 기르고 한 인간으로 성장할 수 있다는 사실을 가르친다. 나는 동물들이 역경에 부딪치는 이런 이야기들을 좋아한다. 여기에는 마법과도 같은 강한 힘이 있다. 그 안에서 우리 자신의 모습과 경험을 볼 수 있기 때문일 것이다.

양쪽으로 갈라지는 물

성경에 등장하는 기적을 보고 싶은가? 진도로 가라. 매년 봄이면 놀라운 자연 현상이 장관을 이룬다. 매일 두 번 약 한 시간씩 바다가 양쪽으로 갈라지며 넓은 모래 바닥이 드러나는데, 그 길이 모도라는 근처 섬까지 이어진다. 바다 바닥을 걸어볼 수 있는 기회다. 어디에서 들어본 것 같지 않은가? '모세의 기적'이라는 별명이 아주 잘 어울린다.

이것은 밀물과 썰물을 만들어 내는 조수 현상이 원인인데, 사실 물이 양쪽으로 갈라진다기보다 수면이 전체적으로 낮아지면서 바닥 일부가 드러나는 것으로 봐야 한다. 하지만 과학적인 설명이 불가능하던 시절, 이런 자연 현상을 설명해 준 것은 민간 설화였다. 이 지역 전설에 따르면 옛날 진도에는 호랑이가 살았는데 자꾸만 민가를 위협해 사람들은 가까운 모도로 도망을 갔다. 하지만 뽕 할머니는 함께 떠나지 못하고 혼자 진도에 남았다. 할머니는 지역 바다의 신인 용왕에게 매일 기도를 드렸고,

어느 밤 꿈속에서 바다에 무지개로 만든 길이 나타날 테니, 그 길을 따라 바다를 건너라는 말을 듣게 된다. 다음 날 아침 바다가 양쪽으로 갈라졌고, 할머니는 가족들을 다시 만날 수 있었다.

지금은 매년 백만 명의 관광객이 이 '바닷길'을 걷기 위해 진도를 찾는다. 그들은 사진을 찍고 조개를 캐기도 한다. 워낙 인기 있는 행사다 보니 축제도 열리는데, 이 '진도 신비의 바닷길 축제' 기간에는 개막식과 더불어 콘서트, 길거리 공연 등이 펼쳐진다.

진도 신비의 바닷길 축제
전라남도 진도군 모도리 지역
홈페이지: www.jindo.go.kr/eng/main.cs

• 진도에서 얻은 가르침 •

개를 입양하라. 자신이 사는 지역에서 입양하라! 개들은 인간의 가장 친한 친구다. 그들은 당신을 아무 조건 없이 사랑할 것이고, 당신 역시 그렇게 될 것이다. 개를 위해 당신은 운동을 할 수밖에 없고, 매일 밖으로 나가 자연을 접하게 될 것이며, 개와 함께 노는 동안만큼은 모든 걱정을 잊을 것이다. 이것은 진정한 선물이다.

개들의 번식 환경을 존중하고, 익숙하지 않은 환경에 그들을 옮겨가려 하지 마라.

개는 순수한 기쁨 덩어리다. 매일 '흥'이 넘친다. 연구에 따르면 동물과의 상호작용은 기분을 좋아지게 하고 스트레스를 줄여준다. 당신의 개가 우체부를 보고 짖거나 비 오는 날 새벽 6시부터 산책을 가자고 졸라댈 때도 이 점을 꼭 기억하라.

동물들은 현재에 충실하기에, 우리도 그래야 한다는 사실을 상기시킨다.

보리 술빵
Bori soolbbang

∽◯∾

보리와 술로 만든 빵

이것은 전통적인 한국 디저트를 만드는 조리법으로, 장성옥 님에게 받은 것이다. 옛날에는 보통 지역 양조장에서 남은 알코올을 다 써버리기 위해 만들어 활았다. 그런 의미에서 이 디저트는 '먹을 수 있는 것은 버리지 않는다'는 한국의 신조를 잘 따르고 있는 셈이다.

서양인들 눈에는 빵을 이렇게 만드는 것이 이상하게 보일 수도 있다. 하지만 찜은 오래전부터 사용한 조리 기술이고 한국에서는 더욱 흔한 방식이다. 쪄서 만든 빵은 부드럽고 촉촉하며 폭신폭신하다.

"저는 빵 만드는 게 직업이고 현재 제과점을 열려고 준비 중이기도 해서, 제가 먹을 것을 만들 땐 되도록 간단하게 하는 편이에요.

간식거리를 만들 때는 특히 에어프라이어를 사용하는 쉬운 조리법을 선택하는데, 20대나 30대 초반 한국 친구들은 대부분 비슷할 예요. 언제나 인터넷에서 찾을 수 있는 짧은 조리법을 선호하죠. 최근에는 현대적이고 빠른 조리법을 강력하게 지지하는 유명 셰프 백종원 씨의 조리법이 인기가 좋습니다.

그래서 빵을 만드는 정통 조리법-이런 경우 한 가문의 조리법인 경우가 많죠-을 아는 젊은 한국인은 찾기 힘들어요. 더구나 요즘 한국에서 인기 있는 디저트는 대부분 서양에서 온 것들이잖아요. 제가 운영하게 될 제과점도 대부분 서양식 디저트를 활 거거든요. 하지만 운 좋게도 제게는 전통 한국 디저트를 만드는 걸 좋아하는 어머니가 계시답니다. 어머니는 이 보리 술빵 조리법을 기꺼이 제게 가르쳐 주셨어요.

이 빵은 원래 양조장에서 남은 보리로 만들었기 때문에 사람들은 이 빵을 사러 제과점 대신 양조장으로 갔죠. 고명은 만드는 사람에 따라 천차만별이에요. 아주 다양한 종류를 보실 수 있을 겁니다. 구운 호두, 참깨, 말린 대추, 잣 등 달콤한 향이 나는 견과류는 무엇이든 잘 어울려요."

·보리 술빵 조리법·

재료

(2–3인분)

한국 쌀 와인(막걸리)
125ml
물 150ml
보리가루 300g

도구

1인용 머핀/컵케이크 틀
혹은 케이크 굽는 금속
틀(플라스틱은 안 됨)
유산지
대나무 찜기(없다면
이 기회에 하나 사둘만
하다. 값도 싸고
내구성도 좋고 다용도로
쓸 수 있다)

토핑

시럽 입힌 강낭콩
6–10개
시럽 입힌 깍지콩
6–10개
시럽 입힌 팥 6–10개
(아시아 식료품점에 가면
위 재료들을 구할 수
있다. 없으면 다음을
사용하라)
얇게 썬 말린 대추 1개
얇게 썬 말린 감 1개
볶은 참깨 1작은술
잣 또는 호두 1큰술

01. 금속 틀에 유산지를 깔아준다. 1인용 빵을 만들려면 컵케이크 틀을 사용하고, 큰 덩어리를 만들고자 하면 케이크 틀을 사용한다. 1인용이든 덩어리든 모양을 잡고 서로 달라붙지 않게 하려면 찜기에 반죽을 바로 넣으면 안 된다.

02. 막걸리와 물을 그릇에 붓고, 거기에 보리가루를 넣고 저어서 반죽을 만든다.

03. 반죽을 떠서 틀에 담고 그 위에 토핑을 뿌려준다.

04. 틀을 찜기에 넣는다.

05. 커다란 냄비에 물을 부어 1/3 정도 채운다. 냄비를 불에 올리고, 물이 끓기 시작하면 찜기를 올리고 뚜껑을 덮는다.

06. 중불에서 25분 정도 익힌다.

07. 불을 끄고, 뜨거운 증기에 데지 않도록 조심하면서 찜기 뚜껑을 연다. 꼬챙이나 나이프로 빵을 찔러본다. 깨끗하게 빠지면 빵이 다 익은 것이다.

08. 보리 술빵은 또 다른 전통 음료인 식혜와 잘 어울린다. 막걸리처럼 쌀로 만들었지만 알코올은 없다.

완전한 행복
Wanjeonhan haengbok

완전한 행복이 무엇일까? 그런 게 존재하기는 할까? 어떻게 하면 완전하게 행복해질 수 있을까? 수년간 한국에서 모험을 하고 한국인의 사고방식과 국민성에 대해 배운 후, 나는 어쩌면 이 미스터리를 풀 수 있을지도 모르겠다는 생각이 들었다.

정유정 작가의 국제적 베스트셀러 스릴러 《완전한 행복》을 보면, 주인공의 철학은 단순하다. 그녀는 자신을 불행하게 만드는 것을 인생에서 제거하기로 결심한다. 다만 그 불행의 장애물들이 마침 그녀의 남편들이었을 뿐이다. 그녀는 남편들을 하나하나 죽이고, 자신의 행복을 가로막는 다른 사람들도 죽인다. 행복을 찾기 위해 살인을 하라는 뜻은 아니다! 평화로운 방법도 있다!

이 책은 내게 독서의 재미뿐 아니라, 행복에 대한 한국과 서양의 인식

차이에 대해 깊이 생각할 수 있는 기회를 주었다. 서양인들은 행복을 얻기 위해, 보석, 차, 집, 옷 등 무엇인가로 삶을 가득 채우려 한다. 그리고 모두가 유명해지고 싶어 한다. '우리를 행복하게 만드는 것들'을 축적하려는 욕망에 사로잡히는 것이다. 하지만 이런 물질적인 것 중 진정으로 우리를 행복하게 해주는 것이 있을까? 아니다. 이런 것들이 주는 효과는 피상적이고 일시적이다. 게다가 남들보다 더 가지려는 경쟁심마저 부추긴다.

한국 사람들 역시 사치품을 좋아한다. 세상 사람들이 다 그렇듯 한국인도 늘 자신의 이상에 완벽하게 부합하는 삶을 살지는 않는다.

그럼에도 불구하고 실질적 가치가 없는 것들을 삶에서 제거한다는 그들의 생활 원칙은 분명 옳은 방향을 향하고 있다. 나는 전통적인 한국 가정의 단순하고 깔끔한 인테리어가 얼마나 큰 행복과 평온함을 주는지 체험했다. 또한 육체적인 평안이 그 무엇보다 우선함을 증명하듯, 플랫슈즈를 신고 편안한 옷을 즐겨 입는 한국 여성들을 직접 목격하기도 했다.

제주 해녀들이 보여준 팀워크와 동지애는 행복해지기 위한 또 하나의 귀중한 가르침을 주었다. 그들이 서로를 지지하고 보살피는 방식, 공동체를 향한 그들의 충성심과 헌신은 '정'의 정신이 발현된 것이다. 친구, 가족 더 나아가 온 나라를 하나로 묶어주는 이러한 유대감은 한국인 DNA의 필수불가결한 부분이다. '정'이 있었기에 한국은 단순히 생존하는 수준을 벗어나 세계에서 가장 강하고 영향력 있는 국가로 성장할 수 있었다.

겨우 50km 거리에 핵무기를 가진 북한이 있지만, 서울의 거리는 지금 껏 내가 가본 어떤 곳보다 안전하게 느껴진다. 분열적인 정치와 경제적 계급의 양분, 총기 폭력은 미국인들의 삶 깊은 곳까지 침투해, 오늘날 긴 장감이 높고 불행한 환경을 만들었다. 반면 한국에 있을 때는 그런 긴장 감이 느껴지지 않는다. 눈앞에 닥친 위협에 대한 공포가 존재하지 않는 것이다. 나는 밀라노 출신의 친구 가브리엘라와 함께 창의문(조선시대에 이곳을 둘러싼 도성의 여덟 개 문 중 하나) 근처를 산책한 적이 있다. 우리는 고요하고 평화로운 그곳의 분위기에 감탄하지 않을 수 없었다. 한국에서 는 밤중 어느 때든지 안전하게 거리를 걸을 수 있다.

나는 서울 구도심에서 처음으로 한복 입은 여자들을 본 순간을 기억한 다. 그들은 '거리에서는 조용히 해주세요'라고 쓴 간판을 들고 있었다. 이 것 역시 한국인의 '정'이다. 한국인들은 안전과 타인에 대한 배려를 위해 공동체 모두가 노력해야 한다는 사실을 알고 있다. '나보다 우리'를 생각 해야 하는 것이다.

나는 이런 한국의 정신을 직접 체험한 적이 있다. 합정동이라는 동네를 처음으로 방문했을 때 겪은 일이다. 합정은 예전에 산업 지역이었는데, 당시 공장 건물은 지금 현대적인 아파트, 멋진 가게와 바, 레스토랑으로 변신했다. 그날 늦은 오후 나는 친구와 함께 가게에서 옷을 입어보고 있 었다. 우리는 아무것도 먹지 못해 갑자기 배가 고파졌고, 젊은 직원에게 가까운 식당을 안내해 줄 수 있는지 물었다. 그녀는 미소를 짓고 키득 웃 더니, 우리 손을 잡고 몇 블록 떨어진 식당을 향해 걷기 시작했다.

나는 가게 문을 그렇게 활짝 열어놓고 나오면 어떡하냐고 걱정스레 물었지만, 그녀는 다들 그렇게 한다며 오히려 나를 안심시켰다. 순간 나는 서울에서의 삶이 내가 아는 삶과 얼마나 다른지 다시 한번 깨달았다. 이 얼마나 평화로운가!

한국인들은 왜 걱정하지 않는 것일까? 그들에게는 내가 생각하는 또 하나의 행복의 열쇠가 있기 때문이다. 바로 투지다. 몇백 년간 전쟁과 파괴를 겪으면서 한국인들의 내면에는 깊은 극기심이 자리 잡았다. 비록 지금 그들이 처한 정치적 상황을 바꿀 수는 없지만, 그들은 두려움 없이 현실에 대응할 수 있는 힘을 지니고 있고, 실제 그렇게 살고 있다.

한국인들은 조상에게 물려받은 한과 흥과 정의 힘으로 자신들이 마주한 장애물을 극복한다. 사람은 누구나 슬픔, 고통, 실망, 좌절 그리고 비극을 겪는다. 따라서 이것들을 긍정적인 힘으로 바꾸는 법을 아는 것은 무엇보다 중요하다.

한국인들의 행복에 한몫하는 요소가 하나 더 있다. 한국은 신비로운 나라다. 한국인들은 친구에게 선물을 줄 때조차 신비로움을 빠뜨리지 않는다. 천으로 예쁘게 리본을 묶은 화려한 포장 상자는 그 자체로 이미 훌륭한 선물이다. 이런 귀한 포장 안에는 대체 얼마나 더 귀한 것이 들어 있을까?

우리의 삶은 신비로움을 잃어버린 것 같다. SNS 곳곳에 자신을 내보이고 있으니 말이다. 이런 자기중심적 존재 방식은 행복을 가져오지 않지만, 신비감을 유지하는 것은 도움이 된다. 자신의 일부를 비밀에 부쳐두는 것은 행복을 얻는 데 중요한 요소이며, 한국인들은 그 사실을 알고 있다. 우리도 노력해 볼 수 있다.

한국이라는 나라는 이미 다 알았다고 생각하는 순간, 다시 새로운 모습을 보여준다. 그것이 이 나라의 커다란 매력 중 하나인 것 같다.

한때 나는 나의 한국인 업무 파트너가 서양식 업무 처리 방식을 잘 이해하지 못하는 것에 대해 큰 불만을 느끼고 있었다. 한국인 동료들 중에는 그런 사람이 많았다. 영어를 잘 못하기도 하고, 국제 출판 행사에서는 자기들끼리만 어울리려 하기도 했다. 나는 결국 그들 중 한 명에게 불만을 터뜨렸다. 나는 우리 업무를 위해 필요한 변화라면 무엇이든 받아들이고 거기에 맞추는데, 한국인들은 그러지 않는다는 내용이었다.

"우리는 두 고래 사이에 낀 새우 같은 존재라는 점을 아셔야 해요."

그의 대답에는 설명이 필요했다.

"한국은 중국과 일본 사이에 끼어있잖아요."

그가 다시 입을 열었다.

"우리나라 사람들은 감금되고 침략당하고 납치됐어요. 오랜 세월 굶주림에 시달리는 가난한 나라였고요. 우린 고래 사이에 낀 새우예요."

나는 기가 막혀 고개를 저었다. 하지만 한편으로는 한국인들이 자신에 대해 어떻게 생각하는지 그리고 왜 여전히 안으로만 향하려 하는지 이해할 수 있었다. 그것은 일종의 보호조치인 셈이다. 한국 사람들은 자신을 실제보다 낮게 평가한다. 내 생각에는 너무 지나칠 정도다. 변화 앞에서 주저하는 모습을 보이기도 한다. 하지만 우리는 21세기에 살고 있고, 한국은 이제 새우가 아니라 거대한 고래다.

'한류'가 세계를 정복했지만 이상하게도 한국은 여전히 자신들이 세계적 영향력을 행사한다는 사실을 받아들이지 못하고 있는 것 같다. 나는 1950년대에 활동한 이중섭이라는 유명 화가의 전시회를 보기 위해 국립현대미술관에 갔다가 깜짝 놀랄 일을 겪었다. 너무나 실망스럽게도 오디오 가이드와 카탈로그가 모두 한국어로만 되어있었던 것이다.

그날 저녁 나는 경숙의 집에 초대받아 갔다. 한국을 떠나기 전 작별 인사를 하기 위해서였다. 나는 좋은 전시회를 추천해 준 것에 감사를 표하는 동시에, 영어나 다른 언어로 된 작품 설명을 어디에서도 찾을 수 없었던 점에 대해 불평을 했다.

"한국은 관광객을 맞을 준비도 안 하면서 어떻게 관광객이 찾아오길 기대하는 거죠?"

내가 묻자 경숙이 웃음을 터뜨렸다.

"바버라, 바버라… 미술관은 그 작품에 관심을 가질 사람은 한국 사람밖에 없을 거라고 생각한 거예요."

말도 안 되는 생각이었다! 하지만 그녀의 말을 듣고 보니, 지금껏 내가 발굴한 한국 작가들의 작품이 왜 한 번도 다른 나라에서 출판되지 않았는지 이해할 수 있었다.

지구상에 완벽한 곳은 없다. 나도 잘 알고 있다. 한국에도 당연히 나름의 문제가 있다. 부정적인 측면도 존재한다. 하지만 대체로 한국인은 불교의 평온함을 존재 방식으로 삼고 있는 듯하다. 자신과 다른 이들에게 자애심을 보이는 방식 말이다. 이것은 한국의 모든 전통과 관습에 드러나 있다. 한국인들은 어린아이부터 노인까지 누구나 매일매일 사회적 예법을 실천함으로써 다른 사람에 대한 존중과 공경을 표현한다.

한국에서는 매끼가 타인과 공유하는 경험이다. 절제해서 먹고 음식을 남기지 않는 것이 한국인의 방식이며, 이 덕분에 한국인들은 세계 어느 나라 사람들보다 긴 수명을 누리게 되었다. 등산이 국민 취미 활동이고, 온천과 마사지는 사치가 아닌 일상이다.

'한'의 철학은 고통과 괴로움에서 끈기와 성공이 탄생한다는 사실을 가르쳐 주었다.

'흥'을 통해서 나는 매일 아침 나의 개와 산책하는 순간을 즐기게 되었고, 자연과 문화에 즐거움이 존재한다는 사실을 배웠다. 소유물을 축적하는 대신 예술, 영화, 책 속에서 기쁨을 찾아야 하는 것이다.

'정'은 다른 사람에게 베푸는 행위와 한 가족의 구성원이 되는 것이 삶의 목적과 희망을 만들어 낸다는 사실을 알려주었다. 생물학적 가족이든 내 선택으로 이루어진 가족이든 상관없다. 내가 자신보다 더 큰 존재의 일부라는 것, 우주의 모든 것이 그렇게 서로 연결되어 있다는 사실을 깨닫는 순간, 우리의 삶은 균형감을 찾게 된다.

난 수년간 요가와 명상을 배웠고 온갖 종류의 철학에 대해 들었으며 행복과 마음의 평화를 얻는 방법을 다루는 수많은 책을 읽었다. 하지만 이 모든 것들은 내가 한국 땅에 발을 딛고 그들의 존재 방식을 경험한 후에야 비로소 내게 의미 있게 다가왔다. 더 나은 삶을 위한 이 간단하고도 자

마무리

연스러운 방법들을 당신도 직접 경험해 보고 싶은 마음이 들기를 간절히 바란다.

한 현명한 스님이 말씀하셨듯, "우리는 지금 행복하다".

먼저 나의 한국 여행이 가능하도록 격려해 준 신경숙 작가에게 감사한다. 여행 중에, 새로운 모험에 직면할 때 그리고 인생의 모든 좋은 것을 경험할 때 그녀는 내 옆에서 자매가 되어주었다. 신경숙 작가는 독자가 자신의 책을 다 읽고 나면 다른 사람에게 조금이라도 더 친절해지기를 소망한다. 그녀의 이런 연민과 선량함은 내게도 많은 영향을 주었고, 난 그녀 덕분에 늘 올바른 행동을 해야 하고 무엇보다 좋은 사람이 되어야 한다는 점을 마음에 새기게 되었다. 신경숙 작가는 또한 모든 책에는 그만의 운명이 있다고 하는데, 그녀와 다른 많은 이들의 도움과 우정 덕분에 내 책도 자신의 운명을 찾을 수 있었다.

나의 한국 공동 에이전트 조셉 리에게도 감사를 전한다. 그는 한국에서 찾을 수 있는 맛있고 재밌고 심오한 모든 것을 기꺼이 내게 소개해 주

없다.

네덜란드 모 미디어 출판사의 마르틴 코엘레마이어에게도 깊은 감사 인사를 드린다. 처음으로 내게 이 책을 요청하고 너무나 빨리 출판해 준 사람이다. 그녀 덕분에 내 꿈이 이루어졌다. 헤아릴 수 없을 만큼 그녀에게 감사한다.

단순한 아이디어 단계일 때부터 잘 편집된 최종안이 될 때까지 응원을 아끼지 않고 모든 글을 읽어준 귀한 능력자 샤론 크룸에게도 특별한 감사를 전한다.

수는 기적을 만들어 낸 사람이다! 샤론과 수는 나를 도와 한국어로 팩트 체크를 해주고, 조리법을 비롯한 한국어 자료들을 수집해 주었다. 조리법을 알려준 모든 분들께도 감사한다. 이 책에 풍성함과 진정성을 더해 책이 아름다운 소리를 낼 수 있게 해주었다.

지운티 출판사의 실비아 발모리는 이탈리아에서 이 책을 출판해 주었다. 늘 나를 응원하고 보살펴 준 그녀에게 감사한다.

사랑하는 친구이자 이탈리아 에이전트인 가브리엘라 암브로시오니는 이 책을 위해 이탈리아 최고의 출판사를 찾아주었을 뿐 아니라, 나와 함께 한국을 여행하며 내 인생 최고의 순간을 더욱 특별하게 만들어 주었다. 그녀는 자매와 다름없으며, 내 모든 모험은 그녀 덕분에 더 재밌고 심오해졌다. 잊을 수 없는 기억을 선물해 준 그녀에게 감사한다.

마지막으로 숏북스의 에비 던과 헬레나 서트클리프에게 말로 다 표현할 수 없는 무한한 감사를 전한다. 그들은 내 소설《J.M. 배리 여성수영클럽》을 출판해 주었고, 내 출판사라고 부를 수 있는 곳을 마련해 주었다. 두 사람 없이 책을 출판하는 것은 생각할 수도 없는 일이다. 비록 오레아와 레베카는 다른 길을 찾아 떠났지만, 이비 던이라는 또 다른 능력자를 내 곁에 남겨주었다. 이비는 놀라운 재능과 통찰력으로, 뒤죽박죽인 내 원고를 자랑스러운 책의 형태로 바꿔주었다. 영어권 독자들에게 처음으로 아름다운 판본을 선보일 수 있게 해준 이비와 옥토퍼스 출판사에 깊이 감사드린다. 덕분에 한국을 비롯한 여러 나라에서 이 책이 출간될 수 있었다.

언제나 내 곁을 든든하게 지켜준 내 친자매 매리 수 지트워 밀맨에게 특별한 감사를 표한다.

세상 누구보다 감사한 사람이 한 명 더 있다. 내 남편 길이다. 그는 늘 나를 자랑스럽게 생각하고 "당신답게 해!"라는 말로 날 응원해 준다. 그의 사랑과 응원 그리고 신뢰는 내게 세상 무엇보다 중요하다.

옮긴이 신윤경

서강대에서 영어영문학과 불어불문학을 복수 전공하고, 같은 대학 대학원에서 석사학위를 받았다. 영국 리버풀 종합단과대학과 프랑스 브장송 CLA에서 수학했으며, 현재 프리랜서 번역가로 활동하고 있다. 주요 역서로《청소부 밥》,《소문난 하루》,《마담 보베리》,《포드 카운티》외 다수가 있다.

한국에서 느낀 행복들

초판 1쇄 인쇄 2024년 1월 2일
초판 1쇄 발행 2024년 1월 15일

지은이 | 바버라 지트워
발행인 | 강봉자, 김은경

펴낸곳 | (주)문학수첩
주소 | 경기도 파주시 회동길 503-1(문발동 633-4) 출판문화단지
전화 | 031-955-9088(대표번호), 9534(편집부)
팩스 | 031-955-9066
등록 | 1991년 11월 27일 제16-482호

홈페이지 | www.moonhak.co.kr
블로그 | blog.naver.com/moonhak91
이메일 | moonhak@moonhak.co.kr

ISBN 979-11-92776-96-5 03840

＊파본은 구매처에서 바꾸어 드립니다.